KB050990

천마비상 6

초판 1쇄 인쇄일 2014년 9월 13일 | **초판 1쇄 발행일** 2014년 9월 16일

지은이 용우 | **펴낸이** 곽중열 | **담당편집 팀장** 이범수
편집부 신연제 이윤아 김호성 김은경

펴낸곳 (주)조은세상 | 출판등록 제 2002-23호
주소 경기도 연천군 미산면 청정로 1355
TEL 편집부 02)587-2966 | FAX 02)587-2922
e-mail bukdu@comics21c.co.kr

※잘못 만들어진 책은 바꿔 드립니다.
※저자와의 협의에 의해 인지는 생략합니다.

CIP제어번호 : CIP2014022757
이 도서의 국립중앙도서관 출판시도서목록(CIP)은 e-CIP홈페이지(http://www.nl.go.kr/ecip)와
국가자료공동목록시스템(http://www.nl.go.kr/kolisnet)에서 이용하실 수 있습니다.

용우 신무협 장편소설

NEO ORIENTAL FANTASY STORY

6

天魔飛士

천마비상

북두

(주)조은세상

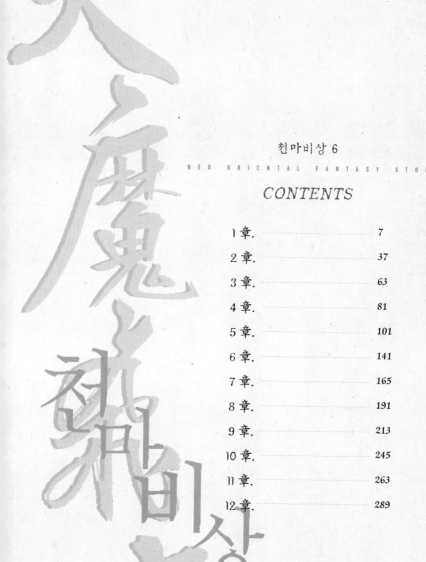

천마비상 6

NEO ORICNTAL FANTASY STORY

CONTENTS

1장. 7

2장. 37

3장. 63

4장. 81

5장. 101

6장. 141

7장. 165

8장. 191

9장. 213

10장. 245

11장. 263

12장. 289

天魔飛土 一章.

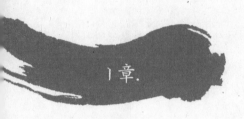

1章.

지옥만마대(地獄萬魔隊)와 잔살흑암대(殘殺黑暗隊).

천마신교의 다섯 무력부대 중 두 곳이나 움직이다보니 자연스레 그들의 행보는 사람들의 눈에 띄였다.

지옥만마대 일천과 잔살흑암대 오천.

무려 육천이 넘는 대규모의 인원이 한번에 움직이는 셈이니 주목을 받지 않을 수 없었다.

이번 일의 총책임을 맡은 삼 장로 혈영신투(血影神偸) 자현은 지옥만마대와 잔살흑암대의 인원을 적절히 섞은 다음 세 부대로 나누었다.

그리고 자신을 포함한 장로들이 부대를 책임지는 것으로 하고 신강을 세 지역으로 나누었다.

신강은 대단히 넓은 땅이기 때문에 빠른 일의 진척을 위해 인원을 나눈 것이었다.

특히 팔 장로의 경우 무림의 싸움은 처음이기 때문에 교주인 도현에게 부탁하여 자신의 제자인 광호를 붙여 주었다.

그렇게 함으로서 팔 장로가 서툴러하는 점을 보완시켜 준 것이다.

신강은 대단히 넓지만 사람이 살고 있는 곳은 그리 많지 않다.

워낙 척박한 대지이기 때문이었는데, 그렇기 때문에 무림문파는 적은 편이었다.

덕분에 천마안의 빠른 정보력을 바탕으로 천마신교의 무인들은 순식간에 신강 전체를 자신들의 영역으로 둘 수 있었다.

때론 군부와 부딪치는 일도 많았지만 그 정도는 충분히 금력으로 무마 할 수 있을 정도였다.

근 한 달 만에 다시 그들이 모였을 때는 이전과 달리 끈끈한 무엇인가가 느껴지고 있었다.

비록 얼마 되지 않는 문파들이라곤 하나 그들과 싸우면서 충분히 천마신교 소속이라는 일체감을 심어 줄 수 있었던 것이다.

"눈빛들이 많이 달라졌군."

"아직 멀었습니다. 이제까지는 몸 풀기에 불과했고 진 짜는 이제 시작이지 않습니까."

혈영신투의 말에 사공준허가 고개를 흔들며 말한다.

사공준허는 처음엔 무림인들의 싸움에 적응을 하지 못 하는 듯 했지만, 시간이 흐르면서 이젠 완벽하게 적응을 한 것 같았다.

물론 아직도 시신이 눈앞에 있으면 눈을 돌리고 말지만 그런 것들을 제외한다면 나쁘지 않은 편이었다.

어차피 무공을 익히지 않은 그가 신교를 벗어나는 일은 거의 없을 것이기 때문에 관계없기도 했고 말이다.

그렇다 하더라도 사공준허의 눈빛 역시 이전과 많이 달 라져 있었기에 혈영신투는 마음에 드는 듯 고개를 끄덕인 다.

"그런데 아직도 본거지를 찾아내지 못한 모양입니다?"

그의 물음에 혈영신투는 제자인 광호를 쳐다본다.

대막혈사풍을 찾는 것은 제자인 광호에게 맡겨 놓았기 때문이었다.

"흔적은 찾았지만 놈들의 본거지라 확신 할 수 있을 정 도는 아닙니다. 지금까지의 행적을 살펴보면 매번 옮겨 다 니는 것 같지만 분명 어딘가에 본거지가 있을 것이라 생각 하고 있습니다. 대막혈사풍 정도의 규모를 유지하기 위해 선 본거지가 반드시 필요로 하니까요."

"쓸데없는 말은 됐고. 그래서 얼마나 걸릴 것 같으냐?"

사부의 구박에 잠시 얼굴을 구기더니 곧 광호를 손가락 세 개를 펼쳐들었다.

"삼일이면 됩니다. 그렇지 않아도 유력한 흔적을 찾았 다고 연락이 왔습니다."

"그럼 그렇다고 말을 해야지, 이 녀석아!"

쿵!

"악!"

비명과 함께 머리를 붙잡고 땅을 뒹구는 광호를 두고 혈 영신투는 자리에 앉은 사 장로와 팔 장로를 보며 말했다.

"이곳에서 며칠 간 진을 치고 소식이 들어올 때까지 기 다리는 것이 좋겠습니다. 인근에 도시가 있으니 식량 조달 도 어렵지 않을 것이고."

"준비하겠습니다."

사 장로가 먼저 자리에서 일어나 밖으로 향했고, 그 뒤 를 팔 장로가 따른다.

"이제 슬슬 일어나는 것이 어떠냐?"

"헤, 헤헤!"

사부의 눈총에 땅을 구르던 광호가 웃으며 자리에서 일 어난다.

옷에 묻은 먼지는 툭툭 털며 입을 여는 광호.

"벌써 찾아냈는데 굳이 연기까지 해가면서 이곳에 머물

필요가 있습니까, 사부?"

"쯧쯧, 그래서 내가 넌 아직도 멀었다고 하는 것이다. 단숨에 놈들을 몰아치는 것도 좋지만 그동안 깨달음을 얻은 놈들도 있을 테니 적당히 수습할 시간을 줘야 하지 않겠느냐. 그러는 김에 우리도 휴식을 좀 취하고."

"그거야 그런데…… 또 다른 목적이 있는 건 아닙니까?"

의심스런 눈으로 묻는 제자의 눈빛에 혈영신투는 환하게 웃으며 주먹으로 광호의 머리를 내려친다.

쾅!

"으악!"

"이놈아! 그 정도는 네가 머리를 굴려야 할 것 아니냐!"

"매일 이렇게 머리를 얻어맞으니 내 머리가 나쁜 것이라고요! 그리고 사부님의 머릿속에 제가 있는 것도 아닌데 어떻게 사부님 생각을 압니까!"

"허허허, 이놈이 제법 큰 모양이구나. 이 사부의 말에 말대꾸도 하고!"

"히익!"

순간 창백해진 광호가 재빨리 몸을 내빼지만 혈영신투가 곧장 녀석의 뒤를 쫓는다.

"이놈!"

"으아악!"

"허……."

저 멀리 달려가는 두 사람을 보며 놀란 듯 사공준허가 발걸음을 멈추자 사 장로인 흑혈도마(黑血刀魔) 지광이 아무렇지 않은 무뚝뚝한 목소리로 말했다.

"익숙해지는 것이 좋소. 매번 저러니."

"허허, 사이좋은 사제(師弟)로 군요."

"저 둘에게 신경 쓰다간 한도 끝도 없을 것이오."

그 말을 끝으로 흑혈도마는 더 이상 입을 열지 않았다.

장로들 중 가장 과묵하고 말이 없는 그이기에 꼭 필요한 이야기가 아니라면 거의 말을 하지 않는 사람이었다.

사공준허는 잠시 그런 흑혈도마를 보다가 곧 그의 뒤를 따라 움직인다.

이곳에서 삼일을 보내야 하니 약간의 준비를 필요로 했고 그 준비는 팔 장로인 자신의 몫이었다.

●

천마각 지하에 마련된 수련실의 중앙에 가부좌를 틀고 앉은 도현은 무아지경에 빠져든 것인지 조금의 미동도 없었다.

내공을 운용하지 않고 있음에도 불구하고 그의 몸 주변으로 강렬한 기운이 물씬 넘치는 기분이다.

그렇게 한참을 명상에 빠져들었던 도현이 천천히 눈을 뜬다.

"후우……."

길게 토해내는 숨.

삼 장로가 수하들을 이끌고 밖으로 나가자 천마신교 전체가 들썩이기 시작했다.

그렇지 않아도 쌓였던 것들이 많은 이들이니 본격적으로 움직이는 신교를 보며 환호하고 있었던 것이다.

중원으로 진출할 그날을 기다리며 벌써 수련에 접어든 이들도 있었고, 새로운 무공을 익히기 위해 매일 같이 천마서고(天魔書庫)를 드나드는 자들이 있을 정도였다.

도현이 중원에 나가있던 동안 천, 지, 인으로 나뉘는 계급의 분류가 끝났기에 각 계급에 따라 천마서고에 들어가는 데엔 아무런 문제가 없었다.

현재 천마서고에는 천마성에서 읽었던 것들을 도현이 직접 복원하여 채워 넣은 것들로 빼곡하게 들어 차 있었다.

문제가 될 것 같은 무공은 빼고 괜찮은 것들로만 가득 채워 넣었기에 천마서고에 들어갔다 온 자들의 반응은 무척 좋은 편이었다.

당연한 일이었다.

도현이 몇날 며칠을 쉬지도 않고 기억하는 모든 것을 써

내려가며 보완하면 괜찮다 싶은 곳에는 어김없이 수정을 가했으니까.

인간의 것을 벗어난 듯한 도현의 기억력은 지금까지 읽은 책들의 글자하나까지 전부 기억하고 있을 정도였다.

그렇기에 천마서고의 책들을 가득 채울 수 있었고 말이다.

그 모든 것은 천마신교를 강하게 만들기 위함이었다.

"대막혈사풍이 사라지면 혈교는 밖으로 모습을 드러낼 수밖에 없겠지. 지속적인 타격을 입은 상태에서도 입을 다문다는 것은 혈교 무인들의 반발을 사게 될 테니까."

눈을 빛내는 도현.

지금까지 혈교는 수많은 계획을 실현시켰지만 도현이 막은 것도 작지 않았다.

특히 이번 무림대회의 일 같은 경우 혈교에서 특히 신경을 쓰고 있었을 것이 분명했다.

천마성이 사라지고 스스로 자멸해가는 중원 무림을 보면서도 밖으로 나가지 않는 혈교 수뇌들에게 혈교 무인들의 불만이 쌓여가는 중이었을 테니.

그런 불만을 해소하기 위해서라도 이번 계획은 성공했어야 하지만 실패했다.

거기에 대막혈사풍까지 큰 타격을 입는다면?

혈교로선 더 이상 내부의 불만을 잠재우기 위해서라도

밖으로 움직이는 수밖에 없었다.

힘을 가진 자들은 그 힘을 분출하길 원하지 감추고만 살고 싶어하진 않는다. 특히 마공(魔功)을 익힌 자들은 자신의 감정에 충실하기 때문에 더욱 그러하다.

"혈교 놈들의 무공 또한 마공이니 내 생각을 벗어나진 못할 것이다."

당연한 이야기였다.

마인의 습성에 대해선 마인이 가장 잘 안다.

도현은 결코 놈들이 자신의 생각을 벗어나지 않을 것이라 확신을 하고 움직이는 것이다.

그렇게 생각을 이어가고 있을 때였다.

쾅쾅쾅-!

"오빠, 놀자! 설하 심심해!"

수련실의 철문을 크게 두드리며 말을 하는 설하.

중원에 다녀온 이후 자신이 조금만 보이질 않아도 찾아다닌다는 것을 잘 알기에 도현은 피식 웃으며 자리에서 일어설 수밖에 없었다.

"오늘은 또 뭘 하고 놀아주나?"

설하와 논다는 것도 어려운 일이었다.

그녀의 흥미를 끌만한 것들을 매일매일 새로 만들어 내야 했으니 말이다.

"하…… 그러니까 천마신교란 놈들이 이쪽으로 오고 있다는 것이지?"

"예! 어찌 안 것인지 이곳으로 곧장 오고 있다고 합니다."

수하의 보고에 벽력도(霹靂刀)는 크게 미소 지었다.

교의 명령에 따라 대막혈사풍을 접수하긴 했지만 그동안 활약을 할 만한 일이 거의 없었는데, 마침내 그렇게 원하던 싸움을 맘 것 할 수 있을 것 같았기 때문이었다.

후끈!

그의 몸에서 패기가 흐르며 순간 열기가 솟구쳐 오른다.

강렬한 기운에 보고를 하던 수하의 얼굴에서 땀이 비 오듯 흐르지만 벽력도는 웃기만 했다.

"크흐흐흐! 이제야 내가 원하던 일을 할 수 있는 것인가."

한참 만에 자리에서 일어선 그.

"넌 지금 즉시 비상을 걸고 밖으로 나간 녀석들까지 전부 집합시켜라."

"조, 존명!"

대답과 함께 재빨리 밖으로 나가는 수하.

더 이상 같은 공간에 있다간 죽을 수도 있겠다는 위협감 때문이리라.

슥.

벽에 걸린 커다란 도를 향해 손을 뻗자 마치 살아있는 듯 도가 날아와 그의 손에 잡힌다.

강력한 허공섭물!

"흐흐, 있는 힘껏 널 휘두를 수 있는 날이 곧 다가오는 구나!"

자신의 별호와 같은 벽력도를 쓰다듬으며 웃는 그의 얼굴가득 희열이 떠오른다.

진심으로 싸움을 즐기는 것이 분명했다.

그는 혈교 내에서 위치는 동령주이지만 그 실력은 금령주 이상으로 평가 받고 있었다.

아니, 사실상 장로급으로 인정을 받고 있었지만 모든 것을 뒤로하고 자신은 동령주가 좋다며 교를 박차고 나간 독특한 인물이었다.

워낙 싸움을 즐기는 거친 자였기에 교내부에서도 그를 어려워하는 자들이 많을 정도였다.

혈교 최고의 싸움 광이 바로 그이니까.

오죽하면 교에 있을 때 거침없이 혈마를 향해 도전장을 던지며 수차례나 비무를 벌였겠는가.

자신의 감정에 충실하지만 결코 배신할 염려가 없는 자

이기에 혈마 역시 그를 살려두고 있는 것이다. 그렇지 않고선 감히 교주인 자신에게 싸움을 걸어온 상대를 살려둘 필요가 없었다.

우우우!

마치 자신의 말을 알아듣기라도 한 듯 강한 울음을 토해내는 벽력도.

천마신교의 대군이 몰려오고 있음에도 두려워하긴 커녕 그는 즐거워하고 있었다.

오히려 하루라도 빨리 찾아왔으면 했다.

마음껏 자신의 욕망을 분출하기 위해서.

그런 벽력도의 마음과 달리 천마신교가 이곳을 향해 오고 있다는 소식에 대막혈사풍의 무인들은 크게 고민하고 있었다.

자신들의 대장인 벽력도의 강함에 대해선 아주 잘 알고 있지만 드러난 천마신교의 전력은 자신들이 쉬이 감당할 수 없는 종류의 것이었다.

당장 이곳으로 오고 있는 자들 중에는 천마성의 장로였던 혈영신투와 흑혈도마가 포함되어 있지 않은가.

그들만 하더라도 엄청난 힘을 지니고 있을 테니 걱정이 되는 것은 당연한 일이었다.

하지만 그렇다고 해서 이곳에서 발을 뺄 수는 없었다.

풍주인 벽력도가 그것을 내버려 둘 사람도 아니거니와

이곳을 벗어나서 살 자신이 없었기 때문이다.

대막혈사풍의 무인들에게 있어 대막혈사풍은 그 존재 자체가 자신들의 집이자 마을이었다.

그렇게 대막혈사풍의 전 인원이 모여들고 있었다.

대막 전체에서 활동하고 있는 대막혈사풍의 총 인원은 이천에 달한다.

그 중에 무공으로 쓸만한 자들은 절반 정도 밖에 되지 않지만 이곳은 대막이다.

대막에선 자신들이 최고였고, 무법자였다.

그런 최면을 스스로에게 끊임없이 걸며 이틀의 시간이 지났을 때 전원이 집결 할 수 있었다.

푸르릉!

푸흥!

말들이 흉흉한 분위기에 흥분을 한 듯 연신 거칠게 투레질을 한다.

그런 말들을 달래는 무인들.

대막혈사풍은 전원이 말을 타고 움직인다.

대막에선 말을 타고 빠른 기동력을 확보해야만 상단을 공격하여 많은 이득을 올릴 수 있기 때문이었다.

자연스럽게 말을 타고 무공을 펼치는 자들이 많아졌는데, 적어도 말을 타면서 무공을 펼치는데 있어선 천하에서도 손에 꼽을 수 있는 것이 바로 대막혈사풍이었다.

무려 이천에 달하는 말과 사람이 한 자리에 모인 모습은
장관이었다.

군(軍)이 움직이지 않고선 이런 모습을 쉽게 볼 수 없으
리라.

그렇게 모두가 말없이 자리를 지키고 있을 때 대막혈사
풍의 주인인 벽력도가 모습을 드러낸다.

높은 자리에 올라선 그는 수하들을 천천히 둘러보다 문
뜩 입을 열었다.

"두렵나?"

"……."

"두려워 할 것 없다. 이곳은 우리의 땅이고 이곳에서 우
린 무적이다. 싸움을 두려워 하지마라! 싸움을 즐기는 자
만이 치열한 전투 속에서 살아남을 것이고! 싸움을 즐길
수 있는 자만이 진정한 대막혈사풍의 무인이다!"

우우우!

입을 열면 열수록 그의 몸에서 강대한 기운이 뿜어져 나
오며 모두를 하나로 이끈다.

"우리가 누구냐!"

"대막혈사풍입니다!"

"틀렸다!"

수하들의 큰 대답에 벽력도는 틀렸다고 답하며 천천히
자신의 도를 높이 치켜들었다.

"우리는!"

잠시 말을 멈춘 그는 자신에게 집중하며 열기를 뿜어내는 수하들을 지켜보며 만족스러운 듯 미소를 지었다.

"대막의 지배자다."

"와아아아!"

거대한 함성이 본거지를 크게 뒤흔든다!

"가자! 대막의 주인의 힘을 보여주러!"

"가자!"

"놈들을 쳐죽이자!"

어느새 동화되어 소리를 높이 내지르는 수하들을 보며 고개를 끄덕인 그는 준비되어 있는 자신의 말에 올라타 재빨리 밖으로 향해 내달렸다.

두두두—!

"풍주님의 뒤를 따르라!"

"가자!"

이천에 이르는 대막혈사풍 전원이 그의 뒤를 따른다.

지축을 울리며 빠르게 움직이는 인마(人馬)는 보는 것만으로도 위축될 정도로 강렬한 기운을 발산한다!

육천이 넘는 인원이 이동을 하고 있음에도 불구하고 보급을 위한 수레나 인원은 조금도 없다.

먹기 위한 육포와 물이 들어 있는 수통을 각자 들고 있는 것만으로도 모든 보급이 완료된다.

"무인들은 대단하군요. 먹는 것도 마시는 것도 스스로 조절을 할 수 있다니."

무공을 할 줄 모르기에 수하들이 드는 인력 가마에 앉아 있던 사공준허의 말에 곁에서 함께 움직이던 혈영신투가 웃으며 대답했다.

"모든 무인이 그럴 수 있는 것은 아니네. 수준 이상의 무인만이 먹는 것과 마시는 것을 최소화 할 수 있지. 지금 자네가 보고 있는 이들은 모두 그 정도 수준이 되는 자들이라네."

"으음…… 그렇다면 삼 장로께선 얼마나 버틸 수 있는 것입니까?"

"딱히 시도해 본 적은 없지만…… 충분한 음식과 물을 섭취하던 중이었다면 음식은 이십일 물은 열흘 정도 마시지 않아도 될 것 같네. 최대치를 잡은 것일 뿐이니 실제로는 더 줄어들 수도 있겠지."

"대단하군요."

감탄하는 그에게 혈영신투는 고개를 저었다.

"그 정도는 경지에 오른 무인이라면 누구든 할 수 있을 것이네. 하지만 특별한 자들을 제외하곤 이런 수련을 하지 않으려 들 것이네. 한 번 하고나면 온 몸의 힘이 빠지는 데다 자칫 죽을 수도 있는 일이니. 식량이야 그렇다 치더라도 물은 대단히 중요하니까."

"그렇지요. 그리고 보니 오래전에 살수들은 대단히 독한 훈련을 통해 먹는 것, 마시는 것. 심지어 배설까지도 훈련을 한다고 들었습니다."

"나도 그렇다고 들었네. 목표를 죽이기 위해선 수단방법을 가리지 않는 자들이니 그러기 위해 수많은 가정을 하며 훈련을 하는 것이지. 무림에도 살막(殺幕)이라 하여 위험한 살수들을 기르고 돈을 받아 살인을 저지르는 자들이 있다네."

"살막이라…… 위험한 자들이겠군요."

"그렇지. 그들에게 원한을 가지고 있는 자들이 대단히 많음에도 불구하고 아직 본거지를 찾지 못했을 정도이니 얼마나 철저하게 준비하고 움직이는 것인지 알 수 있지."

혈영신투의 말에 사공준허는 고개를 끄덕였다.

무림의 세계는 알면 알수록 신기하고 범인으로선 이해할 수 없는 일들이 쉽게 벌어지는 곳이었다.

당장 자신들이 움직이는 속도만 하더라도 범인이 전력으로 달려야 할 정도였는데, 그런 속도를 아침부터 꾸준히 유지하고 있음에도 힘든 기색을 보이지 않는다.

속도를 더 높일 수 있음에도 전체적인 상황을 고려하여 그러지 않고 있는 것이다.

그렇게 반나절 정도를 더 움직이고 나서야 일행은 움직임을 멈추고 휴식을 취할 수 있었다.

"이곳에서부턴 흩어지는 것이 좋겠네. 자네가 잔살흑암대를 이끌고 주변을 포위하며 조이게. 내가 지옥만마대를 이끌지."

"알겠습니다."

혈영신투의 말에 흑혈도마는 고개를 끄덕이며 지시를 받아 들었다.

이미 천마안을 통해 놈들이 본거지를 빠져나와 이곳으로 오고 있다는 소식을 들었다.

단순히 싸우는 것이 목적이었다면 정면으로 부딪치겠지만 이번에 그들이 목적으로 하는 것은 대막혈사풍을 이 세상에서 지우는 것이었다.

다시 말해서 한 명도 살려두지 않을 작정인 것이다.

이미 도현은 이번 작전을 실행하며 앞으로 천마신교가 막대한 이득을 얻을 수 있는 길에 대해서 설명했다.

감숙을 통하지 않고 신강을 통해 서역과의 거래를 한다면 그 이득은 상상을 초월할 것이다.

그러기 위해서 먼저 해야 하는 것은 안전한 길을 만드는 것이었고, 그 일환으로 대막혈사풍을 세상에서 지우려는 것이다.

대막에서 가장 큰 도적 집단인 놈들을 없앤다면 나머지

는 그리 어려운 일이 아니었다.

"일부분을 떼어 놈들의 본거지를 습격하는 것을 잊지 않도록 하고, 나머지는 자네가 인솔하여 놈들의 후방을 치도록 하게나. 앞뒤에서 공격을 한다면 큰 피해 없이 빠르게 처리 할 수 있을 것이니."

"그리 하겠습니다."

"팔 장로. 하고 싶은 말이 있나?"

마지막으로 혈영신투는 사공준허에게 물었다.

그에 사공준허는 천천히 고개를 저었다.

"이번엔 전 경험을 하기 위해 나왔으니 아무 말도 하지 않겠습니다. 무림에 대해 아는 것이 없는 만큼 지금은 조금이라도 더 많은 것을 보고 들을 필요가 있다 생각됩니다."

"좋은 마음가짐일세. 이번엔 큰 작전이 필요 없기에 괜찮지만 앞으로 갈수록 자네가 해야 할 일이 많아질 것이네. 그때를 위해서라도 많은 것을 보고 배우는 것이 좋을 것이야."

"명심하겠습니다."

고개를 숙이며 답하는 사공준허를 보며 혈영신투와 흑혈도마는 작게 미소 지었다.

그동안 도현에게 걸리는 부담을 알면서도 제대로 도울 수 없었는데, 이제야 그 적임자가 나타났음에 만족스러워하는 것이다.

"자, 그럼 시작해보세!"

수하들을 이끌고 한참을 달리던 벽력도가 손을 흔들며
수신호를 보내자 재빨리 수십의 인원이 사방으로 흩어진
다.

곧 들려오는 비명소리.

"으악!"

"몇이 더 있다. 처리해라."

"명!"

두두두!

그의 명령에 또 다시 일단의 인원이 떨어져 나간다.

빠르게 말을 달리는 와중에도 그는 주변에 붙은 천마신
교의 눈을 제거하기 위해 수하들을 움직이고 있었다.

잠시 후 어느 정도 처리했다 생각한 그가 말을 멈추자
기다렸다는 듯 일제히 말을 세우는 수하들.

거대한 먼지가 잠시 일행을 집어삼켰다가 사라진다.

"소식은?"

벽력도의 물음에 어느새 말을 몰고 다가온 수하 하나가
즉시 대답했다.

"집결 중이라 합니다. 곧 당도 할 것이라 예상됩니다."

"제대로 이야기 했겠지?"

"예! 어차피 저희가 없으면 저들도 제대로 밥 먹고 살기

어려울 테니 적극적으로 움직이려 할 것입니다."

"당연히 그래야지."

고개를 끄덕이는 벽력도.

그는 대막에 자리를 잡고 있는 모든 마적들에게 이번 싸움에 동참하라는 이야기를 미리 전달해 놓은 상태였다.

대막에서 가장 큰 세력인 자신들이 천마신교에 당한다면 다른 놈들은 두 말 할 것도 없이 천마신교의 눈치를 보며 이제까지와 같은 영업은 할 수 없을 것이다.

자신들의 생활이 걸린 만큼 사활을 걸고 움직일 확률이 아주 높았는데, 그 생각대로 저들이 움직여 주고 있었다.

아무리 싸움에 미친 그라 하더라도 수적으로 엄청난 차이가 벌어져 있는 상태에서 싸운다는 것이 무엇을 의미하는 것인지 잘 알고 있었다.

싸움에 미쳐있긴 하지만 그것은 어디까지나 승리를 위한 일이 되어야지 패배를 위한 싸움이 되어선 안 되었다.

"하린아."

"예!"

벽력도의 불음에 응답을 한 것은 대막혈사풍의 부풍주인 여하린이었다.

우락부락한 얼굴에 어울리지 않는 가녀린 몸을 하고 있는 그이지만, 누구도 그를 무시 하지 못했다.

오직 실력 하나만으로 부풍주의 자리를 차지했을 뿐만 아니라 일단 움직이기 시작하면 누구보다 잔인한 모습을 보여주곤 했기 때문이었다.

하지만 벽력도에겐 대막혈사풍의 무인들 중 가장 믿고 쓸 수 있는 자이기도 했다.

"먼저 가서 한바탕 하고 있을 테니 모인 애들 데리고 와서 놈들 뒤통수 좀 쳐야 하겠다. 여기저기 있는 눈깔들 찌르는 거 잊지 말고."

"알겠습니다."

"지금 가라."

벽력도의 명령에 고개를 숙인 여하린은 즉시 수하들 몇 과 함께 빠르게 움직인다.

그들이 떠난 후 벽력도는 수하들을 바라보며 외쳤다.

"이 대막에 존재하는 영웅들이 몇이나 되는지 아는가!"

모든 이들이 이들을 향해 마적이라 부르지만 자신들 스스로는 영웅이라 부른다. 척박한 대막에서 가족들을 풍족하게 먹여 살리는 영웅 말이다.

"대막의 영웅들이 이곳으로 집결하고 있다! 천마신교인가 하는 놈들의 숫자가 많다고 하지만 겁먹을 필요 없다! 무슨 뜻인지 알겠는가!"

"예!"

벽력도의 말에 일제히 대답하는 대막혈사풍의 무인들.

대막의 영웅들이 집결한다는 것은 다시 말해 1만 이상의 인원이 한 자리에 모인다는 뜻이었다.

드넓은 대막에는 무수히 많은 마적들이 존재하는 데 그들 전부가 집결한다면 두려울 것이 없었다.

뛰어난 기마술로 현란하게 움직이는 대막의 마적들이기에 오죽하면 나라에서 이들을 소탕하는 것을 포기했을 정도였다.

그렇기에 감숙 옥문관을 통하는 길을 새로이 만든 것이고.

"준비들 됐으면 지금부터 우리는 천마신교 놈들과 정면으로 승부를 한다! 철저하게 놈들을 괴롭히면서 버텨라! 버티기만 하면…… 승리는 우리의 것이다."

"와아아아ㅡ!"

함성을 내지르며 투기를 발산하는 그들!

처음 본거지를 나설 때까지만 해도 불안해했던 그들이었지만 강력한 풍주가 선두에 서고 그 뒤를 대막의 영웅들이 든든히 받쳐준다는 사실에 용기백배했다.

벽력도를 선두로 빠르게 다시 움직인 그들의 앞에 마침내 천마신교의 무인들이 보이기 시작했다.

"가자!"

"와아아아!"

두두두!

강렬한 먼지를 피워 올리며 그들이 일제히 돌격하기 시작했다.

"쳐라!"

혈영신투의 명령과 동시 일제히 몸을 날리는 신교의 무인들.

함성하나 내지르지 않고 묵묵히 몸을 날리는 그들의 얼굴에는 자신감으로 가득 차 있었다.

당연한 일이었다.

지금 혈영신투의 휘하에 있는 자들은 지옥만마대다.

천마성에서부터 시작하여 수많은 경험을 거치며 실력을 쌓아올린 진짜들인 것이다. 게다가 도현이 만든 천마서고를 드나들면서 많은 것을 배운 상태였기에 자신감으로 가득 차 있었다.

당장 백도맹이나 사황성을 만난다 하더라도 눈 하나 깜짝하지 않을 것이 이들이었다.

쾅!

굉음과 함께 두 집단이 단체로 부딪친다.

"크하하하! 내가 바로 벽력도다!"

큰 웃음과 함께 자신의 벽력도를 아낌없이 휘두르는 벽력도.

강력한 위력에 대적했던 지옥만마대의 무인들 몇이 순

식간에 죽임을 당하자, 상황을 지켜보고 있던 혈영신투가 즉시 움직였다.

쩡!

휘둘러지던 그의 도를 막아내자 벽력도의 시선이 혈영신투를 향한다.

"내 도를 이렇게 쉽게 막아내다니…… 누구지?"

"혈영신투라 한다네."

"크크크! 재미있겠군!"

그의 대답에 웃으며 투기를 피워 올리는 벽력도.

주변에서 수하들이 죽어가고 있음에도 그는 눈앞의 혈영신투에게만 집중했다.

오랜만에 자신의 전력을 발휘 할 수 있는 실력자를 만난 셈이니 크게 들뜬 것이다.

게다가…… 의외로 그는 자신의 수하들을 믿고 있었다.

마치 그런 믿음에 부응이라도 하려는 듯 금방이라도 전멸 당할 것 같던 대막혈사풍의 무인들은 잘 버티고 있었다.

말을 타고 있다는 이점을 살려 빠르고 강한 공격을 할 뿐만 아니라, 수적 우위를 최대한 이용하고 있었다.

지옥만마대의 실력이 뛰어나다 보니 큰 이득은 보지 못하고 있었지만, 팽팽하게 겨루고 있다는 사실 하나만으로도 대단한 일이었다.

잠시간의 대치 끝에 먼저 움직인 것은 벽력도였다.

"크아앗!"

기합과 함께 강하게 휘둘러 오는 도!

은은한 뇌성을 동반한 도에서 느껴지는 강렬함에 혈영
신투도 경시하지 못하고 그의 특기인 발을 놀리기 시작했
다.

쿠아아!

허공을 가르고 지나가는 벽력도.

짧은 순간 혈영신투는 어느새 벽력도의 배후로 돌아가
주먹을 내지른다.

하지만 벽력도는 기다렸다는 듯 도를 휘두르던 힘을 그
대로 이용해 몸을 회전하며 혈영신투에게서 한 걸음 물러
서며 더 빠르게 도를 휘둘렀다.

원을 그리며 날아드는 그의 도에 깜짝 놀라며 재빨리 비
켜서며 공격을 피해내는 혈영신투!

"크크크! 날 무시하지 않는 게 좋을 거야."

붉어진 두 눈과 끊임없이 흘러나오는 투기와 살기에 혈
영신투는 자신도 모르게 고개를 끄덕였다.

벽력도에게서 흘러나오는 기세는 대단한 것이었다.

어쩌면 혈영신투 자신과 맞먹는 실력을 가지고 있는 자
일 수도 있는 상황.

'어떻게 이런 자가 이런 곳에 있는 것이지?'

불가사의한 일이었다.

아무리 좋게 생각해도 그의 실력을 생각한다면 혈교에서도 대단히 높은 자리를 차지하고 있어야 할 것인데 말이다.

'당장은…… 집중하자.'

금세 다른 생각은 접고 눈앞의 벽력도에 집중을 하는 혈영신투.

고수와의 싸움에서 다른 생각을 한다는 것은 목을 베어달라는 이야기 밖에 되질 않는다.

天魔успех上

2章.

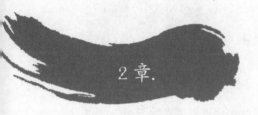

2 章.

혈영신투(血影神偸)에 대해 무림에 알려진 것은 그리 많
지 않았다.

천마성 장로 서열 3위이고 그 별호와 같이 경공에 있어
선 천하에 적수가 없을 정도이며 무공 실력 또한 대단하다
는 것이다.

자현이란 이름은 천마성 무인들이라 하더라도 잘 알지
못할 정도였다.

하지만 무림에선 혈영신투보다 사 장로인 흑혈도마의
실력을 더 위로 쳐주고 있었는데, 이유는 간단했다.

혈영신투가 제 실력을 보일만한 기회가 없기 때문이
었다.

거기에 장로들의 서열이 공교롭게도 나이순으로 정렬이
되어 있었기에 그런 오해는 더욱 깊어져 있었다.

실제로는 그 서열에 걸맞은 실력을 갖추고 있음에도 말
이다.

그렇기에 혈영신투와 실제로 손속을 겨루는 이들은 그
의 강함에 크게 놀라곤 했다.

지금처럼.

쩌엉!

도를 통해 전달되는 강력한 내력을 재빨리 풀어낸 벽력
도는 이를 악물었다.

쉽게 생각하고 시작했던 싸움이 길어지고 있었다.

하지만 결코 싫지 않았다.

강자와의 싸움을 누구보다 원하는 것이 벽력도였기에
어느 사이에 그의 얼굴에 기쁨의 홍조가 가득 피워 오른
다.

쩌쩡! 쩡ー!

연신 충동하는 벽력도의 거대한 도와 혈영신투가 어느
사이에 뽑아 든 소검 한 자루.

단숨에 부러질 것만 같은 소검은 용케도 벽력도의 무식
할 정도로 강렬한 공격에도 잘 버텨내고 있었다.

휘릭!

손바닥 안에서 가볍게 회전하며 역수로 소검을 쥔 혈영

신투의 신형이 순간 사라진다.

눈에서 사라지자마자 벽력도는 본능적으로 우측으로 회전하며 거대한 도를 치켜들었다.

쾅!

굉음과 함께 어느 사이 귀신처럼 나타난 혈영신투의 검이 벽력도와 부딪친다.

강력한 공격이었던 탓에 벽력도는 힘에 밀리며 뒤로 몇 발자국 물러섰고, 혈영신투는 회심의 한 수가 막혔다는 생각에 얼굴을 찡그렸다.

오싹, 오싹!

온 몸을 엄습하는 죽음의 공포에 벽력도는 크게 웃었다.

"크…… 하하하하! 그래! 이거야! 내가 바라던 것이!"

콰아아!

급격하게 내공을 끌어올리며 혈영신투를 향해 달려드는 그!

혈영신투 역시 뒤지지 않고 놈을 향해 달려들었다.

끄아악!

아악!

사방에서 들려오는 비명소리에도 사공준허는 눈 하나 깜빡하지 않고 시선을 옮기며 전장을 살핀다.

아직도 피 냄새와 잔인한 광경에 익숙해지진 않았지만 최소한 눈을 돌리지 않을 정도는 되었다.

압도적인 전력으로 대막혈사풍의 인원을 몰아치고 있었지만 그는 뭔가 이상하다는 것을 곧 알아차릴 수 있었다.

'이만한 전력 차이가 나는데도 정면승부를 걸어온다? 그것도 영악하기 그지없는 마적들이?'

마적들은 영악하다.

수많은 상단의 재물을 털면서도 추격을 피하기 위해 수많은 방법을 사용한다.

오죽하면 마적을 잡는 것을 포기할 정도겠는가.

그런 영악한 놈들이 죽을 줄 알면서도 정면승부를 걸어온다는 것은 쉽게 이해 할 수 없는 일이었다.

'결국 뭔가 노림수가 있다는 것인데…….'

상황을 주시하며 고민하던 그는 곧 자신을 호위하고 있는 무인들 중 한 사람을 불렀다.

"사 장로께선 현재 어디에 계신가?"

"이곳에서 멀지 않은 곳에 계신 것으로 알고 있습니다. 지금쯤이면 이곳으로 이동을 하고 계실 것입니다."

사공준허의 물음에 정중히 대답하는 무인.

팔 장로의 자리에 있는 사공준허는 비록 무공은 사용 할 줄 모르지만 천마인 도현이 직접 장로의 자리에 앉혔을 뿐만 아니라 충분히 자신의 역량을 보여주었기에 모두에게 인정받고 있었다.

"그렇다면 즉시 사 장로님께 가서 움직임을 멈춰달라고 전해주게. 아무래도 놈들이 뭔가 꾸미고 있는 것이 있는 것 같으니 지켜봐야 하겠어. 당장이라면 지금의 전력으로도 충분해 보일 것으로 판단되는데…… 아닌가?"

"충분합니다. 즉시 사 장로님께 소식을 전하도록 하겠습니다."

사공준허의 명령에 그는 고개를 숙인 후 직접 몸을 날려 빠르게 사라진다.

그의 빈 자리에는 어느 사이에 전장에서 싸우고 있던 무인 중 하나가 찾아와 빈 자리를 메운다.

모두가 사공준허의 안전을 위해 신경을 쓰고 있는 것이다.

그만큼 벌써부터 그가 천마신교에 끼치고 있는 영향력은 대단한 것이었다.

과연 그의 생각처럼 싸움이 벌어지고 있는 전장에서 멀지 않은 곳에서부터 엄청난 먼지구름을 피워 올리며 빠른 속도로 움직이고 있는 일단의 무리가 있었다.

하나 같이 흉흉한 기세를 풍기는 그들은 대막을 주름잡는 마적들로 이 땅에 존재하는 모든 마적들이 이곳으로 몰려든 것이다.

그 숫자가 물경 1만이었다.

무공 실력이 떨어진다 하더라도 무려 1만이란 숫자는 결코 우습게 볼 수 없는 것이었다.

"가자! 이번 일만 잘 끝나면 얻을 수 있는 것이 대단히 많을 것이다!"

"와아아아!"

누군가의 외침에 함성을 내지르는 마적들.

제 아무리 대막혈사풍의 말이라 하더라도 이들이 순순히 따를 필요는 없다.

그렇기에 벽력도는 이들을 움직이기 위해 그동안 대막혈사풍이 모아온 재물을 미끼로 이들을 불러 모은 것이다.

척박한 대막에서 가장 믿을 수 있는 것은 돈이다.

값비싼 보물이 걸려있는 만큼 마적들의 눈이 활활 불타오른다.

두두두-!

지축을 울리며 움직이는 마적들.

그것을 멀리서 지켜보고 있던 천마신교의 무인 한 명이 빠른 속도로 몸을 날린다.

"대단하군."

수하의 보고에 흑혈도마는 고개를 끄덕이며 팔 장로인

사공준허의 통찰력을 인정했다.

1만에 달하는 마적 떼는 분명 쉽지 않은 상대였다.

실력이야 자신들에 비하면 크게 부족하지만 말과 함께 움직이는 그들의 기마술은 분명 쉽지 않은 상대임이 틀림없다.

그렇다고 자신이 없는 것은 아니었다.

그저…… 모조리 해치우는데 시간이 조금 더 걸릴 뿐.

하지만 분명 나쁘지 않은 일이었다.

놈들에게 뒤통수를 맞지 않는 것만으로도 피해를 줄일 수 있는 일이었으니.

"움직이지."

흑혈도마의 말과 함께 그의 뒤로 오천에 달하는 잔살흑암대가 일제히 움직이기 시작했다.

◐

"얍!"

가냘픈 기합소리와 함께 빠르게 뻗어오는 주먹이 귓가를 스쳐지나가 뒤편의 바위에 부딪친다.

쾅!

쩌저적!

굉음과 함께 단박에 부서져 내리는 바위.

놀랄 틈도 없이 이번엔 무릎이 턱을 노리고 솟아오른다.

하지만 여유롭게 몸을 놀려 공격을 피해낸 도현은 빠르게 설하의 후방으로 돌아간다.

"힝!"

자신의 공격이 전부 실패하자 마음에 들지 않는 듯 얼굴을 찡그리는 그녀.

그 모습이 꽤나 귀여웠기에 도현은 작게 웃으며 그녀를 향해 가볍게 손을 휘두른다.

분명 가볍게 휘둘렀음에도 불구하고 순식간에 그녀의 전면을 가득 채우며 날아가는 무수히 많은 장력들!

갑작스레 앞을 가득 메우고 날아드는 장력을 보며 고개를 갸웃거리던 설하가 순간 앞을 향해 힘차게 주먹을 휘두른다.

어느새 그녀의 주먹에 맺힌 강기가 빛을 발한다!

콰앙─!

꿍음과 함께 피어오르는 먼지!

투확!

먼지를 뚫으며 모습을 드러낸 설하는 빠르게 도현을 향해 공격을 펼친다.

시야가 가렸음에도 불구하고 도현은 어렵지 않게 그녀의 공격을 피해내며 간간히 반격을 펼친다.

연신 굉음과 함께 주변의 환경이 변해간다.

힘 조절을 하지 않고 전력으로 덤벼드는 설하에 반해 도현은 적절히 힘 조절을 하며 그녀의 공격을 받아 넘기고 있었다.

신강을 정리하기 위해 수하들이 움직이고 있는 지금 도현이 이렇게 설하와 비무를 벌이고 있는 것은, 새로 정립한 천마신공을 실험해 볼 필요가 있기 때문이었다.

여기에 매일 놀아 달라 졸라대는 그녀이니 상대로선 적격인 것이다.

비록 기억은 잃었지만 그녀의 실력은 무림 어디에 내놓더라도 쉽게 당하지 않을 정도로 강하기 때문에 최고의 상대나 마찬가지였다.

중간 중간 자신도 모르는 사이 펼치는 혈교의 무공은 도현조차도 섬뜩하게 만드는 것들이 몇 있을 정도였다.

"흡!"

짧게 숨을 들이마신 도현이 강하게 진각(震脚)을 밟는다.

콰드득!

땅이 부서지고, 그 흔적들이 허공으로 떠오르기 시작한다.

그 진행 속도가 얼마나 빠른 것인지 설하가 채 몸을 피할 틈도 없이 그녀 역시 허공으로 떠오르고 있었다.

"이익!"

허공에서 마음대로 움직이려는 몸을 내려놓기 위해 천근추를 시전하지만 자세만 바로 잡힐 뿐 어찌나 떠올리는 힘이 강한 것인지 몸이 내려 가질 않는다.

쿠구구구!

진동하는 대지!

도현의 몸에서 흘러나오는 막대한 기운이 정형화 되어 검은 불꽃처럼 피어오르기 시작한다.

"천마공화섭멸(天魔空火攝滅)."

화르륵!

허공에 떠오른 수많은 돌들에 불이 붙기 시작하더니 순식간에 재로 변하며 사라진다.

빠르게 솟아오르는 검은 불꽃!

단숨에 자신을 잡아 삼킬 것 같은 불꽃이 접근하자 설하의 몸에서 이제까지와 차원이 다른 기운이 흐르기 시작하더니 얼마 지나지 않아 그녀의 두 손이 하얗게 변해간다.

"야앗!"

기합과 함께 내지르는 그녀의 양 손.

퍼퍼펑!

콰릉!

굉음과 함께 힘의 균형이 무너지며 그녀의 몸이 떨어

져 내린다.

놀랍게도 그녀가 발출한 장력들은 강렬한 빙기를 머금고 순식간에 도현의 불꽃을 얼려버리고 있었다.

"어?"

갑작스런 상황에 도현조차도 살짝 놀라지 않을 수 없었다.

설마하니 이런 식으로 천마공화섭멸을 피할 수 있을 것이라 생각지 못했기 때문이다.

물론 본 위력의 4할 정도 밖에 되지 않았다곤 하지만 이런 방법도 있다는 것은 분명 도현에게도 놀랄만한 일이었다.

땅에 착지하자마자 도현을 향해 달려드는 설하.

그녀의 강맹한 기세에 도현도 경시하지 못하고 빠르게 대응한다.

떠덩! 떵!

손과 손이 부딪쳤다곤 생각되지 않는 강렬한 소리가 사방에 울려 퍼진다.

그렇게 두 사람의 비무는 한 시진이나 더 하고 나서야 마무리 될 수 있었다.

"쌕, 쌕……"

작게 숨을 내쉬며 잠이 들어버린 설하.

오랜 시간 이어진 비무였기에 땀으로 흠뻑 젖은 그녀의 몸매가 고스란히 드러나고 있었지만, 도현은 눈길하나 주지 않고 한쪽에서 대기하고 있던 시비들에게 명령을 내렸다.

"방으로 데려가도록. 깨끗하게 씻기는 것도 잊지 말고."

"예."

고개를 숙이며 시비들 몇이 매달려 그녀를 데리고 사라진다.

기본적으로 천마신교 안에서 일을 하는 시비들에게도 실생활에서 이용할만한 가벼운 무공을 만들어 배포한 상태였기에 그녀들의 움직임은 무척 가벼웠다.

많은 이들이 놓치고 있는 것이지만 천마신교와 같이 대형 문파를 운영하는데 있어 시비들의 역할은 지대한 것이었다.

항시 상관의 시중을 들어야 하는데다, 곳곳의 사정에 대해서도 밝아야 했다.

그런 그녀들의 고충을 생각하여 도현은 시비들이 가볍게 익힐 수 있는 종류의 무공을 만들어 보급한 상태였다.

이곳저곳의 무공들을 가져와 하나로 합친 것이기에 그 위력은 대단치 않았지만, 시비들에겐 그것만으로도 충분히 도움이 되고도 남았다.

덕분에 교내에서 도현에 대한 평판은 더 이상 높을 수 없을 정도로 하늘을 찌르고 있었다.

물론 기존에도 충분히 인정받고 있었지만 말이다.

"흠……."

모두가 떠나간 자리에서 주먹을 쥐었다, 폈다하며 몸 상태를 점검하는 도현.

꽤 오랜 시간을 움직였음에도 불구하고 피로가 조금도 느껴지지 않는다.

오히려 힘이 넘치는 기분.

아무리 전력을 다하지 않았다곤 하지만 비정상적으로 느껴질 정도로 도현의 몸은 초인(超人)에 가까워져 있었다.

보통의 무림인들은 높은 수준에 오르기 위해 내공과 무공 수련에만 매달리지만 도현의 경우 육체적인 수련을 거스르지 않았다.

아니, 오히려 누구보다 혹독하게 육체적 수련을 했을 정도다.

그 결과 누구보다 뛰어난 신체를 손에 넣었을 뿐만 아니라, 어지간한 무인들과는 내공을 사용하지 않고 겨룰 수 있을 정도였다.

너무나 강해져버린 자신의 모습에 살짝 두려움이 일 정도다.

'이 정도라면 사부님의 전력을 받아낼 수 있을 정도인 가……'

그 생각처럼 이젠 사부인 패마의 전력을 어렵지 않게 받아낼 수 있을 정도로 도현의 실력은 높아져 있었다.

그럼에도 불구하고 도현은 수련을 멈추지 않았다.

천마신교의 중심은 교주인 자신이다.

강자존을 내세우는 천마신교에서 하늘인 도현은 누구보다 강해질 필요가 있었다.

특히 도현이 크게 집착하는 무너지지 않는 문파의 기틀을 세우기 위해서라도 한 가지 얻어야 할 것이 있었다.

고금제일인(古今第一人).

천하제일인이었던 사부인 패마가 세웠던 천마성이 무너졌었다. 그렇다면 자연스럽게 도현이 목표로 해야 하는 것은 고금제일인이었다.

물론 그 평가는 후대가 할 몫이겠지만 그만큼의 힘을 보유하고, 보여줄 필요가 있다고 도현은 생각하고 있었다.

세상 누구에게도 지지 않을 힘이 자신에게 있음을 말이다.

"지금쯤이면 정리가 되었으려나……"

문득 고개를 들어 하늘을 보는 도현.

대막혈사풍과의 싸움이 시작되었다는 것은 이미 보고를 통해 충분히 알고 있었다.

혈교의 무리인 놈들을 쳐서 없애버린다면 혈교는 어떤 방식으로든 움직일 수밖에 없을 터다.

정도맹과 사황성의 분열이 실패한 상황에서 대막혈사풍 까지 무너진다면 혈교의 무인들에게 자신감을 심어주기 위해서라도 움직일 수밖에 없을 터였다.

계속해서 숨어서 계획만 세운다는 것은 힘을 가진 무인 들에게 있어 참을 수 없는 일일 것이었다.

제 아무리 막강한 힘으로 수하들의 본성을 억누른다 하 더라도 언제고 터질 것은 터지게 되어 있는 법이다.

도현은 그 시기를 앞당기려 하고 있었다.

으득!

이를 악무는 도현.

사부인 패마의 죽음에 놈들이 관여해 있다는 것은 확실 했다.

이제 천마신교의 기본 틀이 마련되었으니 복수를 위해 움직일 수 있게 되었다.

그 첫 번째로 놈들을 밖으로 끌어내려는 것이다.

후웅!

도현의 주변으로 강렬한 살기가 흘렀다가 사라진다.

"결국 사고를 쳤군. 큭큭, 이럴 줄 알았지만."

낙월은 술잔을 들어올리며 죽어버린 벽력도를 비웃는다.

과거 혈교 내에서 사사건건 그와 충돌이 있었던 낙월로선 벽력도의 죽음이 누구보다 반가웠다.

뛰어난 실력을 지니고 있으면서도 동령주로 만족하는 것도 이해 할 수 없었고, 무엇보다 자신의 계획에 사사건건 반대하고 나서는 것은 더더욱 마음에 들지 않았다.

혈교의 입장에서 보자면 벽력도의 죽음은 큰 충격이지만 낙월 개인의 입장에선 더없는 기쁨이었다.

"천마신교라…… 이렇게 되면 본교도 밖으로 나설 수밖에 없게 되는 건가?"

벽력도가 죽었다는 것은 좋은 소식이지만 천마신교의 존재는 결코 반갑지 않았다.

천마성이 무너진 이후 패마의 제자에 의해 천마신교가 세워지고 그 스스로 천마라 칭한다는 사실은 이미 무림에 잘 알려져 있었다.

문제는 천마성 때보다 월등히 강해진 전력이었다.

무너진 천마성의 잔당들을 빡빡 긁어모았다 하더라도 과거와 비교해 그 세력이 약해지기 마련인데, 어떻게 된 것인지 더 강해진 것이다.

게다가 당장 드러난 전력이 전부가 아니라는 가정을 떠올려 본다면 더욱 이해하기 힘들어진다.

무림의 전력은 단기간에 크게 상승시킬 수 없다는 것이 정설이기 때문이다.

아무리 마공을 익힌 마인들이라 하더라도 말이다.

"뭔가 있다는 소리인데…… 그걸 모르겠단 말이지? 하긴, 내가 신경 쓸 필요는 없겠지."

피식 웃는 그.

어차피 앞으로 혈교의 일의 진행은 자신이 아닌 교주인 혈마와 머리인 혈뇌가 알아서 진행을 할 것이었다.

일개 수하에 불과한 자신이 끼일 틈은 없었다.

게다가 백도맹의 분열 계획이 실패로 돌아가며 낙월 자신은 크게 할 일이 없는 상태였다.

본래 자신이 맡았던 제갈강에 대한 일은 이미 완벽하게 처리를 한 뒤다.

지금 제갈강은 자신의 말이라면 그것이 무엇이든 따를 준비가 되어 있었다.

"본격적으로 본교가 움직이기 시작한다면 사황성이나 백도맹은 금방 무너지겠지만 역시 문제는 천마신교인가? 전력만 두고 본다면 천마신교도 본교의 상대가 되지 않을 것 같은데…… 흠……!"

고민을 거듭하면서도 술을 마시던 그때 기운 좋게 문을
부수며 안으로 들어서는 한 사내가 있었다.

잔뜩 취한 얼굴에 온 몸에서 진동을 하는 분 냄새.

제갈강이었다.

"크하하하! 내 벗이여 이런 곳에서 있었구나!"

"무슨 일이야?"

익숙한 듯 술잔을 비우며 뒤도 돌아보지 않고 말하는 낙
월.

제갈강은 비틀거리는 걸음으로 낙월의 맞은편에 앉으며
품에서 술병 하나를 꺼내든다.

"크흐흐, 좋은 술이 들어와서 말이야. 무려 30년이나 된
여아홍이라고!"

술에 취해 혼자 떠들어대는 놈을 보며 낙월은 대놓고 비
웃었지만 제갈강은 그것조차 모르는 듯 붉어진 얼굴로 연
신 거친 말을 토해낸다.

'이런 놈이 정도맹의 후계라니…… 그냥 내버려둬도 무
너지겠어.'

"큭큭!"

"어? 뭐야? 이게 그렇게 좋은 거야? 크하하하! 좋았어,
양 것 마셔보자고!"

웃으며 날뛰는 제갈강을 보며 낙월은 비웃었다.

마치 정파의 몰락을 보는 듯했기에.

싹뚝!

화단의 꽃을 잘라내며 혈마는 혈뇌의 보고를 듣는다.

화사하게 핀 꽃들은 혈마가 오랜 시간을 들여 가꾸어 낸 것으로 혈교 안에서도 가장 화려한 곳이었지만 이곳에 드나들 수 있는 자격을 가지고 있는 것은 극소수에 불과했다.

"놈들이 결국 신강과 대막을 차지한 것인가……."

"가장 뼈아픈 것은 벽력도를 잃은 것입니다. 교주님께서도 아시겠지만 그의 실력은 본교 안에서도 손에 꼽을 수 있을 정도의 실력으로 결코 혈영신투 따위에게 질 사람이 아니었습니다."

"그럼에도 불구하고 졌다는 것은 실력이 없었다는 소리겠지."

"그럴 수도 있습니다만, 반대로 천마신교의 전력이 급격히 상승한 것이 저는 마음에 걸립니다."

툭!

꽃 한 송이가 땅에 떨어져 내린다.

주변의 꽃을 솎아내는 것을 마친 혈마가 천천히 자리에서 일어선다.

우득—.

툭툭.

가볍게 허리를 두드리는 모습은 영락없는 평범한 노인과 같다.

"결국 준비했던 대계는 망가진 것이나 마찬가지로군."

"그렇습니다. 천마신교의 등장으로 인해 정도맹과 사황성이 똘똘 뭉치기 시작했습니다. 물론 내부적인 갈등은 여전하겠습니다만, 저희가 원하던 상태에는 도달하지 않을 것으로 예상됩니다. 이후의 계획들은 두 세력의 붕괴를 예상하고 세워진 것이기 때문에 사실상 폐기되어야 합니다."

"쯧쯧, 결국 한 놈 때문에 이 장대한 계획이 무너지는구나."

혀를 차는 혈마.

그가 말하는 것은 도현이었다.

과거부터 도현 때문에 수많은 계획들이 틀어졌고, 결국 이런 식으로 결정적인 방해를 해버린 것이다.

"싹을 자르는데 실패하면 이렇게 된다는 것이겠지."

옷에 묻은 흙을 가볍게 털어낸 혈마는 느릿한 걸음으로 자신의 집무실로 향한다.

그의 뒤를 혈마가 따른다.

"교내의 동향은?"

"약간의 소요가 있었습니다만, 지금은 진정이 된 상태입니다. 하지만 시간이 흐르면 다시 흔들릴 것은 자명한 일입니다."

"쯧."

혈뇌의 말에 혀를 차는 혈마.

어느새 집무실에 도착한 그는 자신의 자리에 앉았고, 기다렸다는 듯 시비가 들어와 차를 내놓곤 사라진다.

"앉게."

"감사합니다."

고개를 숙이며 한쪽에 앉는 혈뇌.

"계획은?"

찻잔을 들며 혈마가 묻자 이미 생각이라도 해놓은 듯 혈뇌는 청산유수처럼 말을 쏟아낸다.

"대계는 실패했고, 예상했던 것과는 무림이 다른 판도로 돌아가고 있으니 저희도 그에 대응해야 합니다. 다행히 그동안 본교의 전력은 꾸준히 상승하였고, 무인들도 자신감에 가득 차 있음이니 이젠 밖으로 나갈 때가 되었다고 생각합니다. 비록 분열되진 않았으나 백도맹은 더 이상 한 몸이 되어 움직이기 어려운 상황이니 제 아무리 기인이사들이 수두룩한 정파라 하더라도 이번만큼은 큰 힘을 쓰지 못할 것입니다. 사황성이야 이미 아시는 데로 사황성주가 죽고 나면 큰 힘을 쓰지 못할 것입니다."

순식간에 말을 끝마치는 혈뇌를 무심한 눈으로 바라보던 혈마는 찻잔을 내려놓는다.

"이제 때가 되었다는 것인가……."

"그렇습니다. 머리를 쓰는 제 입장에서 드리기 애매한 말입니다만, 이젠 머리보다는 힘을 쓸 때가 된 것 같습니다. 한 치 앞을 볼 수 없는 상황에서 믿을 수 있는 것은 가진 힘 밖에 없지 않겠습니까."

"힘이라……."

그 말에 턱을 쓰다듬던 그가 문득 떠오른 듯 혈뇌를 향해 물었다.

"자네는 일이 끝나면 물러설 생각인 모양이로군."

"……예. 편하게 쉬어볼 요량입니다."

"음……."

그 말에 혈마는 묵묵히 고개를 끄덕인다.

그동안 혈뇌가 혈교를 위해 얼마나 많은 일을 하고 움직였는지 누구보다 잘 알고 있는 것이 혈마였다.

자신이 물러서고 혈뇌가 물러서고 나면 허독량이 이어받을 혈교의 미래가 불안하긴 하지만 그것은 제자인 허독량이 알아서 해결해야 할 문제라 생각했다.

누구에게나 차갑게 대하고 명령을 내리는 혈마지만 유일하게 신경을 쓰는 수하가 있다면 혈뇌였기에 대업이 끝나면 되도록 그의 뜻대로 처리해줄 생각이었다.

"천마라 칭하는 애송이는?"

"패마보다 강한 것은 확실한 것 같습니다만…… 지금의 교주님에겐 상대가 되지 않을 것이 분명합니다."

그 말에 혈마는 살짝 웃어주곤 자리에서 일어섰다.

"때가 되었다면…… 움직여야 하겠지."

"허면?"

"준비를 서둘러라. 이젠 밖으로 나갈 것이니."

天魔弄土

3章.

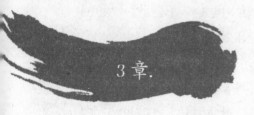

3章.

와아아아!

활짝 열린 천마신교의 정문을 통해 들어오는 무인들을 향해 쏟아지는 환호.

천마신교가 문을 연 이래 처음으로 공식 활동에 나서서 대대적인 활약을 하고 왔으니 그들의 환호는 당연한 일이었다.

일행의 가장 선두에 선 혈영신투와 흑혈도마, 사공준허를 비롯해 지옥만마대와 잔살흑암대의 무인들의 얼굴이 크게 상기되어 있었다.

크게 열린 창밖으로 그들이 들어오는 모습을 보고 있던

도현은 고개를 끄덕이더니 시선을 돌린다.

그곳엔 고개도 들지 않고 당과를 먹고 있는 설하가 앉아 있었다.

당당하게 개선하고 있는 수하들을 보고 있노라면 절로 기분이 좋아져야 하겠지만, 이렇듯 도현을 방에서 벗어나지 못하게 하는 원흉은 다름 아닌 설하였다.

와구와구─!

가득 쌓여 있던 당과를 마침내 다 먹어치운 그녀는 손에 묻은 꿀까지 알뜰하게 쪽쪽 빨아가며 다 먹고서야 고개를 들었다.

"더 없어?"

"없다."

"쳇!"

입술을 삐죽 내미는 설하.

그녀의 모습은 평소의 그것과 분명 달랐다.

아이처럼 천진난만하던 그녀의 모습은 어디로 사라진 것인지 전혀 보이지 않고, 다 큰 어른처럼 행동하고 있었다.

아니.

본래의 기억을 되찾은 것이었다.

"정말 본래의 기억을 되찾은 것인가?"

"몇 번이나 물어보는 거야? 다 찾았어, 깔끔하게.

뭐…… 기억속의 내 모습하고 성격이 좀 달라진 것 같기는 한데…… 이건 아무래도 너와 함께 하면서 있었던 것의 영향이랄까? 아니지, 본래 내 모습이라고 해야 하나?"

고개를 갸웃거리는 그녀를 보며 도현은 한숨을 내쉰다.

자연스럽게 그녀의 기억이 돌아올 것이라 예상은 하고 있었지만 설마하니 이런 시기에 돌아올 것이라고는 조금도 생각 할 수 없었다.

그나마 다행이라면 기억을 되찾은 그녀가 날뛰지 않고, 자신을 찾아와 사실을 털어놓았다는 것이다.

그 이유는 알 수 없지만 분명한 한 가지는 이전의 설하를 더 이상 찾을 수 없다는 것이었다.

아쉬운 감정을 뒤로하고 도현은 그녀의 맞은편에 앉으며 물었다.

"왜 날 먼저 찾은 것이지? 기억을 되찾았다면 혈교로 돌아갈 수도 있었을 텐데?"

그 물음에 설하는 잠시 고민하더니 작게 웃으며 대답했다.

"그냥. 거기보단 여기가 더 좋을 것 같아서."

"……뭐?"

어이없다는 도현의 표정에 그녀는 다시 웃으며 제대로 이야기를 풀어 놓는다.

"혈교에는 돌아가고 싶지 않아. 본래 그곳과 잘 맞지 않기도 했지만, 지금 돌아간다고 한 들 내 자리가 있을 것 같지도 않고 말이야. 게다가 내 관심을 끌만한 것이 하나 이곳에 있었거든."

"뭐지?"

"본래 난 혈빙공(血氷功)이란 걸 익히고 있었어. 음……설명하기 어려운데 이걸 익히게 되면 점점 감정을 잃어가게 되. 예전의 내 모습 봤지?"

"대충은."

"혈빙공을 익힌 사람들은 그렇게 되는 거야. 어쨌거나 그랬었는데…… 네가 만든 그…… 뭐지? 아무튼 그 무공을 익히고 나서 내 기억도 돌아왔을 뿐만 아니라 이 감정 또한 돌아왔단 말이야."

콕콕.

손가락으로 자신의 볼을 찌르는 그녀.

"소수마공(素手魔功)을 말하는 건가?"

"그래! 소수마공! 난 그게 궁금해. 대체 어떻게 하면 이런 무공을 만들어 낼 수 있지? 기본은 혈빙공과 비슷해 보이지만 완전히 다른 무리로 이루어져 있어."

우웅!

내공을 운영함과 동시 하얗다 못해 투명해져버린 자신의 손을 들어 살피며 그녀는 말했다.

"무공을 배우고 나서 이렇게 기분이 좋았던 적은 처음 있는 일이야. 게다가…… 당신을 오빠라고 부르는 것도 그리 나쁘지 않았고 말이야."

"음……."

"어때? 연상의 누님이 오빠라고 불러주니 좋았어?"

그 말과 함께 키득거리며 웃는 설하를 보며 도현은 깊은 한숨과 함께 손을 들어 얼굴을 가린다.

도저히 어제까지 함께 했었던 설하의 모습이라곤 생각할 수 없었다.

그런 도현의 모습이 재미있었는지 설하가 크게 웃는다.

"혈교도가 몇이나 되는 것인지는 아무도 몰라. 알고 있는 사람이 있다면 혈교주인 혈마와 혈교의 군사인 혈뇌. 이 두 사람이 아니라면 누구도 알 수 없겠지."

"그럼 무인의 숫자는?"

"그것도 정확히 알 수는 없어. 기본적으로 혈교는 혈교주인 혈마를 필두로 그 아래로 장로들이 있고, 그 밑으로 금, 은, 동령주가 있고 다시 그 밑으로 일반 무인들이 있어."

"흠…… 복잡하군."

도현의 말에 설하는 어깨를 으쓱인다.

"누가 아니래. 어쨌거나 금령주의 무공 실력은…… 이곳으로 따지자면 지옥만마대 정도는 될 거야."

"그것 밖에?"

의외의 말에 도현이 고개를 갸웃거리자 설하는 무슨 말을 하는 것이냐는 듯 웃으며 대답했다.

"예전이라면 모를까 네가 무공을 퍼트리는 바람에 신교 무인들의 수준이 높아졌으니까. 그렇다고 자만하지 않는 것이 좋을 거야. 내가 알기론 혈교 자체의 무력부대도 있는 것으로 알고 있으니까. 이제까지 단 한 번도 모습을 드러낸 적이 없기 때문에 실체가 명확하지는 않지만…… 있을 거야. 예전에 혈뇌에게 물었을 때 반응이 이상했었으니까."

예전의 기억을 떠올리며 말하는 그녀.

"몇 명으로 구성되어 있는 것인지, 어느 정도의 수준인 것인지 전혀 알 수 없었지만 그래도 이름은 알아내는 데 성공했어. 엄청 힘들었지만."

"이름은?"

"맨입으로?"

돌연 손가락으로 자신의 입술을 막으며 웃는 그녀.

그 모습이 너무나 아름다우면서도 사랑스러웠지만 도현은 그저 한 숨을 내쉴 뿐이다.

이미 그녀가 본래의 기억을 되찾은 지 며칠의 시간이 흘렀고, 그동안 설하의 속셈에 넘어간 것이 한 두 번이던가.

게다가 말은 저렇게 해도 협조적으로 나오는데다, 부탁하는 것도 무리한 것들이 아니었던 지라 도현은 매번 백기를 내걸곤 했었다.

이번에도 마찬가지였다.

"뭘 부탁하고 싶은 거야?"

"잠시 밖엘 좀 다녀오고 싶어."

그 말에 도현은 눈을 감았다.

사실 그녀의 실력이라면 몰래 이곳을 빠져나간다 하더라도 막을 수 있는 사람이 거의 없었다.

작정하고 나가려는 사람을 어찌 막을 수 있겠는가.

그럼에도 불구하고 그녀가 자신에게 이런 말을 한다는 것은 다시 이곳으로 돌아오겠다는 우회의 뜻이었다.

"밖으로 나가면 위험할 텐데?"

"알아."

상큼한 얼굴로 고개를 끄덕이는 그녀의 얼굴을 보며 도현은 그녀를 말릴 수 없다는 것을 깨달았다.

"좋아. 허락하지."

"고마워."

"언제쯤 돌아올 거지?"

그 물음에 잠시 고민하던 그녀가 대답했다.

"한달쯤? 늦어도 다음달 보름에는 돌아올 수 있을 것 같아."

"그렇게 말을 해놓지."

말과 함께 도현은 품에서 작은 패 하나를 건네주었다.

묵룡이 새겨져 있는 검은 패는 금화상단의 어떤 지부라도 들린다면 필요한 만큼의 돈을 가져 갈 수 있는 것이었다.

어떤 일 때문인지는 몰라도 밖으로 나가면 돈이 필요하다는 것을 알기에 미리 주는 것이었다.

"필요하면 얼마든지 써도 좋아."

"사양하진 않을게."

고개를 끄덕이며 얌전히 패를 받아든 그녀는 자리에서 일어섰다.

허락을 받은 김에 곧바로 움직이려 하는 것이다.

그 모습을 보며 도현은 짧게 한 마디 했다.

"조심해."

똑, 똑, 똑……

신경질 적인 표정을 지으며 묵묵히 책상을 손가락으로 두드리던 사독이 자리에서 일어섰다.

작지 않은 집무실을 연신 정신없이 오가는 그.

한참을 그렇게 반복을 하고 나서야 사독은 본래의 자리에 앉을 수 있었다.

"들어와!"

드르륵!

그의 말이 떨어지기 무섭게 문이 열리며 안으로 들어서는 한 사람.

중년의 사내는 방문이 닫히자마자 곧장 사독을 향해 오체투지한다.

"일은?"

"생각했던 것보다 훨씬 더 좋지 않습니다."

"쯧!"

이미 예상하고 있었던 일인 듯 사독은 혀를 찼다.

"녀석들의 움직임은?"

"아직까지 대놓고 움직이지는 않고 있으나, 물밑으로 계속해서 이야기를 주고받는 것으로 파악되었습니다. 그들의 근본적인 목적은 사황성에서 분리하여 새로운 세력을 세우는 것인 것 같습니다."

"쯧쯧, 멍청한 놈들. 지금도 위태로운데 새로운 세력을 세운다고 해서 제대로 돌아갈 리가 있나."

혀를 차던 사독은 잠시 아무런 말도 하지 않고 한참을 고민하더니 곧 지필묵을 꺼내서 단번에 어떤 내용을 써내려간다.

그리곤 그것을 고이 접어 사내에게 건네며 전음으로 명령했다.

"반드시 전하도록 하겠습니다."

"가라."

"존명!"

스스슥!

나타날 때와 달리 그 자리에서 몸을 감추는 사내.

홀로 남자 사독은 창가로 몸을 옮긴다.

"안 좋아…… 아무리 생각해도 좋지 않단 말이야……쯧!"

일그러진 그의 얼굴처럼 그의 머릿속은 복잡하기 이를 데 없었다.

오늘따라 잃어버린 왼쪽 눈이 쓰라린 그였다.

"결국 처음부터 모든 것이 잘못되었던 것이로구나."

긴 탄식과 함께 손 안의 서찰을 삼매진화의 수법으로 순식간에 태워버리는 남궁선.

백도맹주인 그의 방은 백도맹의 심처에 자리를 잡고 있는데, 오늘만큼 이곳이 감옥처럼 느껴졌던 적이 없었다.

허전한 왼팔이 은은히 아려오지만 남궁선은 그것조차도 자신의 업이라 여기며 창가로 자리를 옮긴다.

보름달이 환하게 떠올라 있는 밤하늘.

방금 불태워버린 서찰은 사황성주 사독에게서 은밀하게 전달된 것이었다.

서찰의 내용은 길었지만 간단하게 요약하자면 사황성 역시 백도맹과 같이 썩어 들어가고 있다는 것이었다.

천마성이 무너지고 난 뒤 백도맹과 사황성 모두 곪아왔던 것들이 한 번에 터지기 시작한 것이다.

천마신교란 새로운 세력의 등장으로 당장의 상처는 봉합되었지만 언제 다시 터질지 모르는 것이 문제였다.

게다가 다들 잊고 잊는 듯하지만 혈교의 문제도 아직 남아 있었다.

"후우……."

길게 한 숨을 내쉬는 남궁선.

상황은 결코 좋지 않았다.

천마신교의 전력은 천마성의 것을 이어받은 만큼 결코 만만치 않은 것이고, 혈교의 전력에 대해선 아예 알려진 것이 없었다.

힘을 합쳐 대항을 해도 부족할 판국에 서로 헐뜯기 바쁘니 제대로 힘을 쓸 수 있을 것인지도 알 수 없었다.

"차라리 흩어져 버리는 것이 나을 수도 있는 일이지."

그 말 대로였다.

어차피 하나가 될 수 없다면 둘로 나누면 된다.

적에게 대응하는 문제가 남기는 하지만 어차피 의견을 하나로 모으지 못하는 상황이니만큼 차라리 나눠버리는 편이 훨씬 더 유기적으로 움직일 수 있을 지도 모르는 일이었다.

문제는 그러기 위해선 큰 다툼 없이 깨끗하게 헤어져야 한다는 것인데 지금 백도맹의 상황으로선 결코 쉽지 않은 일이었다.

당장만 하더라도 조금이라도 더 많은 이득을 보기 위해 싸우는 중인데, 갈라선다 생각한다면 답이 나오지 않는 일이 한두 가지가 아닌 것이다.

"어렵구나……"

깊은 한숨만 더해간다.

"허면 밖으로 나갔단 말씀이십니까?"

이 장로의 말에 도현은 묵묵히 고개를 끄덕인다.

회의실에 모인 천마신교의 주요 인물들.

장로들과 우혁들. 그리고 각 부대의 대주들까지.

수십에 이르는 인물들이 커다란 회의실에 자리를 하고 앉아 있다.

"그녀를 믿을 수 있겠습니까?"

그 물음에 도현은 말문을 열었다.

"내 눈을 믿는다."

"……알겠습니다."

순순히 물러서는 이 장로.

얼마 전 장로들은 도현에게 자신들에게 하대 할 것을 요구했었다. 신교의 질서 확립을 위해서라도 이제는 확실히 해야 하는 것이다.

어차피 장로들은 교주인 도현에게 높임말을 쓰고 있었기에 도현만 말투를 고치면 되는 일이었다.

도현 역시 필요한 사항임을 알았기에 장로들의 요구를 받아 들여 지금처럼 하대하고 있었다.

물론 아무도 없는 자리에선 예전처럼 말을 하고 있었지만.

설하의 일이 마무리 된 듯하자 도현은 천천히 사람들을 둘러보며 말했다.

"신강을 완벽하게 손아귀에 넣음으로서 어느 정도 본교의 힘이 세간에 알려졌을 것이다. 특히 혈교 놈들은 대막혈사풍어 무너지고 자신들의 계획이 망쳐진 이상 모습을 드러내는 것 이외엔 남은 선택지가 없을 것이다."

"드디어 시작이로군요."

"놈들이 세상에 모습을 보이는 순간……!"

콰득!

도현의 이가 갈리고 그의 몸에서 강대한 기운이 뿜어져 나온다.

"없애버릴 것이다."

굳은 의지를 가진 도현의 말에 모두들 고개를 끄덕이며 동의한다.

다들 놈들의 계략에 의해 천마성이 무너졌었다는 것을 잘 알고 있었다.

뿐만 아니라 패마의 죽음과 관련된 것 역시 혈교 놈들이라는 사실도 잘 알았다.

패마를 우상으로 여기고 있던 그들에게 있어 그의 죽음은 피 눈물을 쏟아도 부족할 정도로 억울한 것이었다.

일반적인 죽음도 아니고 그의 심장이 사라진 채였다.

당장 패마의 심장이 어디로, 어떻게 사라진 것인지 알 수 없지만 확실한 것은 혈교 놈들과 관련이 있다는 것이었다.

패마의 한을 풀기 위해서라도 움직일 사람이 지금의 신교에 상당히 많았다.

천마신교란 새로운 세력에게 있어 과거의 잔재는 결코 좋은 일이 아니었지만, 도현은 애써 외면했다.

그 역시 복수에 눈이 멀기는 매한가지였기 때문이다.

궁극적으로 천마신교가 목표로 해야 하는 것은 교주인 천마의 신격화로 철저한 강자존의 무리를 추구하는 것이다.

과거의 인연을 끊어내는 것이 무엇보다 중요하지만 도
현은 그 모든 것을 뒤로 미루었다.

　우선은……

　복수가 먼저였다.

天魔飞上
4章.

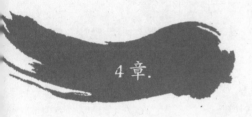

4 章.

쩌엉!

귀가 찌릿할 정도로 강렬한 소리와 함께 검을 타고 손바닥으로 전달되는 강렬한 고통에 검각주는 얼굴을 찡그렸다.

재빨리 내공을 동원하여 힘의 잔재를 털어내려 했지만, 그보다 먼저 검후의 검이 검각주의 목 앞에 도착해 있었다.

"후우…… 졌구나."

"감사합니다."

긴 한숨과 함께 패배를 시인하는 사부에게 소진은 검을 거두곤 정중히 고개를 숙인다.

"확실히 본각 최고의 고수는 이제 너로구나."

"과찬이세요."

"아니다. 사실이지 않느냐. 우선 땀으로 끈끈한 이 몸을 좀 씻고 보는 것이 좋겠구나."

사부의 말에 소진은 고개를 끄덕였다.

한 시진 후 두 사람은 각주의 집무실에서 마주 앉았다.

깨끗하게 씻은 뒤라 그런지 깨끗한 얼굴로 마주 앉은 두 사람의 사이로 찻잔이 놓인다.

철관음의 향기가 은은하게 퍼져나간다.

"꼭 밖으로 나가야 하겠느냐? 무림이 시끄러우니 원치 않는 일에 휘말릴 수도 있음이야."

"이런 시기이기에 검각의 위용을 더욱 떨칠 수 있을 것이라 생각합니다. 무림의 혼란은 곧 기회를 뜻할 수도 있는 일이니까요."

"후우……."

소진의 말에 검각주는 긴 한숨을 내쉰다.

이미 그녀의 마음이 밖으로 향하고 있다는 것을 알고 있었음에도 어떻게든 막으려 했는데, 자신이 막는다고 해서 될 일이 아니라는 사실을 알아차린 것이다.

게다가 이미 그녀는 자신의 실력을 증명함으로서 이전과 같은 일이 벌어지지 않을 것임을 확인시켰다.

전대 검후의 모든 것을 흡수했을 뿐만 아니라, 그 이상으로 강해진 소진을 막을 수 있는 방법은 없었다.

결국 검각주는 소진의 뜻대로 그녀가 밖으로 나가는 것을 허락하는 수밖에 없었다.

이미 밖과의 소통을 시작한 검각이기에 이대로 침묵을 지키고 있을 수도 없는 일이었다.

차라리 그녀의 말처럼 제자들을 밖으로 돌려 예전 검각의 위용을 찾는데 도움이 되게 하는 것이 더 나을 수도 있는 일이었다.

소진의 말처럼 무림의 혼란은 의외의 기회를 가져다주기도 하니 말이다.

"얼마나 데리고 나갈 생각이냐?"

"비연이면 충분해요."

"흠…… 정말 괜찮겠느냐?"

"시기가 시기이다 보니 오히려 많은 인원은 예기치 않은 잡음을 불러 올 수도 있어요. 이번에 나가는 목적이 무림을 둘러보는 것에 있는 만큼 조용히 나갔다가 오는 것이 맞겠지요."

차분하게 말하는 소진을 보며 검각주는 고개를 끄덕이며 동의했다.

"좋다. 준비가 되는 대로 밖으로 나가도록 하여라."

"감사합니다!"

고개를 숙여 인사하는 소진의 입가에 미소가 살짝 걸린
다.

"괜찮은지 모르겠네요."

멀어지는 배를 보며 걱정스런 얼굴로 말하는 비연에게
소진은 웃으며 고개를 저었다.

"괜찮아. 다 잘될 거야."

"하지만……."

툭툭.

가볍게 그녀의 어깨를 두드린 소진이 앞장서서 걷자 그
뒤를 비연이 재빨리 뒤따른다.

눈만 내놓은 채 면사로 얼굴을 가린 두 사람은 빠른 속
도로 이동을 시작했다.

그녀들이 향하는 곳은…… 서북 방향이었다.

펄럭! 펄럭!

휘날리는 붉은 깃발.

어떠한 것도 새겨지지 않은 붉은 깃발은 보는 것만으로
도 오싹하게 만드는 어떠한 것이 분명 있었다.

보통 붉은색을 만들기 위해선 특수한 재료를 이용하여

염색을 하지만, 눈썰미가 있는 이들이라면 지금 휘날리는 깃발이 일반적인 염색이 아닌 진짜 사람의 피로 물들인 것이란 것을 금세 눈치 챌 수 있을 것이다.

깃발에서 느껴지는 기이한 기운은 그렇게 만들어진 것이었다.

혈교를 상징하는 붉은 기가 성벽을 따라 휘날리며 혈교 전체에 사이한 기운이 퍼지고 있음에도 오히려 혈교의 무인들은 기분이 좋은 듯 들뜬 얼굴로 한 곳으로 움직이고 있었다.

대연무장.

평소라면 대규모 훈련을 하기 위해 사용을 하는 곳이지만 간혹 전체 집회 때를 위해서도 사용이 되는 이곳에 무수히 많은 사람들이 빼곡히 자리를 잡고 있었다.

시끄럽지는 않지만 한눈에 알 수 있을 정도로 크게 달아올라 있는 모습.

혈교 무인들이 전부 모였다고 판단되었을 때 거대한 북소리와 함께 혈교의 장로들이 일제히 모습을 드러낸다.

둥둥둥—!

온 몸을 울리는 거대한 북소리.

발끝에서 머리끝까지 울리는 그 소리를 듣고 있자니 알 수 없는 무엇인가가 끓어오른다.

둥—! 둥—! 둥—!

북을 울리는 박자가 바뀌고 얼마 지나지 않아 높은 단상 위로 혈마가 천천히 모습을 드러낸다.

"와아아아+!"

거대한 함성이 사방을 휩쓴다.

슥.

가볍게 손을 들자 마치 기다렸다는 듯 함성대신 침묵이 그 자리를 채운다.

"긴 이야기는 필요 없겠지. 본교는…… 중원으로 간다!"

"와아아아!"

천지가 개벽하는 듯 거대한 함성소리가 지축을 뒤흔든다.

소리를 지르진 않지만 장로들의 얼굴도 붉게 상기되어 있었다.

오랜 시간 기다려온 시기가 마침내 도래했기 때문이다.

다시 한 번 혈마가 손을 들자 입을 다무는 혈교 무인들.

"중원은 곧 이 손 안에 들어올 것이다. 피의 제단을 쌓고 혈교의 교리에 따라 중원 전역을 움직일 것이다! 그동안 억눌러 왔던 모든 것을 터트려라! 중원의 주인은 우리다!"

"와아아아!"

이전과 비교도 할 수 없는 거대한 함성을 터트리는 수하들을 보던 혈마가 몸을 돌려 사라진다.

그럼에도 불구하고 누구하나 자리를 뜨지 않고 흥분한

채로 소리를 내지른다.

귓가로 들리는 수하들의 함성 소리에 혈마의 얼굴 위로 작게 미소가 서린다.

"수고하셨습니다."

어느새 혈마의 뒤를 따라 붙으며 혈뇌가 고개를 숙인다.

"준비는?"

"언제든지 움직일 수 있습니다. 남은 것은 교주님께서 책임자를 정하는 것뿐입니다."

"녀석은?"

"수련 중이신 것으로 알고 있습니다."

"철이 들었군."

허독량이 중원에서 돌아오자마자 수련을 하고 있다는 소식에 혈마는 피식 웃는다.

예전이었다면 폐관에서 나온 이후로는 일절 수련장에 모습을 보이지 않았을 녀석이었기 때문이다.

"선발은…… 역시 녀석이 하는 것이 좋겠지. 이번 기회에 공을 세우고 정식으로 소교주의 자리에 오르게 하는 것도 나쁘지 않겠어."

"그리 준비하도록 하겠습니다."

고개를 숙여 답한 혈뇌가 사라졌음에도 혈마는 걸음을 멈추지 않고 곧장 자신의 처소로 돌아갔다.

처소의 심처에 마련된 폐관실로 곧장 직행한 혈마는

폐관실의 문을 닫자마자 자리에 주저앉듯 가부좌를 틀었다.

"큭!"

우우웅!

신음소리와 함께 그의 몸에서 폭발적으로 일어나는 강대한 마기!

혈기와 뒤섞인 마기는 검붉은 빛을 발하며 순식간에 폐관실 전체를 가득 채운다.

"크큭! 패마……! 네놈은 죽어서도 쉽게 굴복하질 않는구나."

쿠르릉!

소성과 함께 혈마가 중얼거린다.

패마의 심장을 먹으며 막대한 마기를 자신의 것으로 만들었다고 생각했던 혈마는 그것이 곧 자신의 착각이었음을 깨달을 수 있었다.

막대한 양의 마기는 결코 쉽게 혈마의 뜻대로 되지 않았다.

덕분에 지금처럼 마기와 혈기의 충돌이 크게 일어나곤 했다.

그럼에도 불구하고 혈마가 패마의 마기를 포기하지 않는 이유는 단 하나였다.

그 엄청난 힘을 자신의 것으로 할 수만 있다면 지금보다 훨씬 더 강해질 수 있기 때문이었다.

얼마 흡수하지 못한 패마의 마기만으로도 이전과 다른 힘을 느끼고 있음이니, 쉽게 포기 할 수 없는 일이었다.

혈교가 중원으로 움직이는 일의 선두에 혈마가 서지 않는 것 또한 이번 일과 연관이 있었다.

꿈에 그리고 염원하던 일이었던 만큼 평소의 그였다면 가장 선두에 서서 움직였을 것이다.

쿠우우우……!

폐관실의 운무가 더운 짙어진다.

　　　　　　　　　　◑

휘릭- 획!

도현의 시선을 따라 움직이는 한 자루의 검.

날이 세워지지 않은 연습용 가검은 빠른 속도로 허공을 자유자재로 움직인다.

흔히 말하는 목어검(目御劒)의 경지로 중원에서도 목어검의 경지에 이른 이들은 거의 없을 정도로 대단한 것이지만 도현의 표정은 무덤덤하기 그지없었다.

아니, 몸 풀기 운동이라는 표현이 더 적절할 지도 몰랐다.

곧 사실이라도 되는 냥 연무장 한쪽에 마련되어있던

수십 자루의 가검들이 일제히 허공으로 떠오르기 시작했다.

여기까지는 허공섭물로도 가능한 일.

허공으로 떠오른 검들이 서서히 흔들리기 시작하더니 곧 빠른 속도로 허공을 휘젓기 시작했다.

이때 도현의 두 눈은 감겨 있다.

목어검이 아니었다.

진정한 이기어검을 선보이고 있는 것이다.

수십 자루의 검이 부딪치지 않고 움직이고 있는 모습은 대단히 화려한 것이었지만, 반대로 그 중심에 서 있는 도현이 무척이나 위태로워 보인다.

아무리 날을 세우지 않은 가검이라도 저렇게 빠른 속도로 움직이는 와중에 맞는다면 작게 다치는 것으로 끝나지 않을 것이 분명한 것이다.

쉬쉭- 쉭!

쐐액!

귓가를 스쳐 지나가는 섬뜩한 소리들.

눈을 감은 채 오직 오감에 의존해 검을 조종하는 도현.

수십 자루의 검을 조종하기 위해선 극도의 정신력과 고도의 기를 다루는 기술을 필요로 한다.

검 하나하나에 자신의 기를 부여하고 뜻대로 움직이도록 그 힘을 조절해야 한다.

그 과정 자체가 결코 쉽지 않은 일이다.

그것을 반증이라도 하듯 도현의 이마 위로 땀이 비 오듯 쏟아지기 시작했다.

막대한 정신력을 쏟아 붙는 일이기에 빠르게 지쳐가기 시작한 것이다.

툭, 투둑.

바닥에 떨어지는 굵은 땀방울.

한참을 어지럽게 날아다니던 검들이 차례로 한 자루씩 도현을 중심으로 원을 그리며 자리를 잡기 시작한다.

차차착! 착!

일사분란하게 움직이는 검들.

모든 검이 멈추고 나서야 눈을 뜨는 도현.

"후우…… 40개가 한계인가."

정확하게 40개의 가검이 도현을 중심으로 원을 그리며 허공에 떠 있었다.

누구도 상상치 못할 대단한 실력임에도 불구하고 도현은 만족하지 못했다.

얼마 전 지금 경지보다 더 높은 곳에 또 다른 경지가 있음을 확인했기 때문이었다.

무인으로서 무의 끝을 보고 싶다는 것은 누구나 꿈꾸는 것이었고, 도현 역시 마찬가지였다.

새로운 세계가 있다는 것을 확인한 이상 더 앞으로 나아가고 싶었던 것이다.

그렇기에 이렇게 수련에 매달리고 있는 것이고 말이다.

천마신교가 정식으로 개파를 한 이후로 도현이 해야 할 일은 크게 줄어들었다.

워낙 준비를 철저하게 한 뒤 개파를 하기도 했지만, 기본적인 틀이 천마성의 것이었기 때문에 손쉽게 수하들이 적응했기 때문이기도 했다.

게다가 지금 천마신교는 한껏 몸을 웅크린 채 먹잇감을 기다리고 있는 중이었다.

혈교라는 먹음직스러운 먹이를 말이다.

그러기 위해 천마신교의 무인들은 하루도 빠짐없이 자신을 갈고 닦았다. 다가오는 그날 다른 이들에게 뒤쳐지지 않기 위해서.

運남 무림을 지배하고 있는 것은 대리단가다.

그들에 대한 이야기는 무성했지만 실제로 밝혀진 것은 그리 없는 기묘한 문파였지만, 확실한 것은 운남을 지배할 정도로 강력한 힘을 가지고 있다는 것이었다.

지독하리라 만치 폐쇄적인 문파이기에 그들의 구성원이 몇이나 되는 것인지, 어떤 체계를 가지고 있는 지도 제대로 알려지지 않았다.

게다가 그들은 운남 밖으로 그 영역을 넓히지도 않았다.

충분한 역량을 가지고 있음에도 불구하고 운남 밖으로
는 조금의 관심도 보이질 않는 것이다.

다만 한 가지 확실한 것은 대리단가는 중원 무림에서도
결코 무시 할 수 없을 정도로 강한 곳이란 사실이었다.

대리단가의 회의실.

수십의 사람들이 둘러앉은 회의실의 분위기가 무겁다.

활발하게 진행되어야 할 회의이건만 누구하나 제대로
입을 여는 사람이 없을 정도였다.

계속해서 이어질 것 같던 침묵을 깬 것은 가장 상석에
앉아 있는 대리단가의 가주였다.

단검(斷劍) 단무형.

환갑을 훌쩍 뛰어넘었음에도 불구하고 겉으로 아직 사
십대로 보일 정도로 정정한 그.

다른 세가였다면 벌써 은퇴하거나 뒤로 물러섰을 테지
만 그는 아직도 가주의 자리에서 내려오지 않고 있었다.

그가 욕심이 많아서가 아니었다.

아들과 손자들 중에 아직 눈에 차는 사람이 없기 때문이
었다. 여기에 복잡한 단가의 사정이 더해지며 아직도 단리
세가를 이끌고 있는 것이다.

하지만 분명한 것은 누구도 그를 무시 할 수 없을 정도

로 세가를 꽉 틀어쥐고 있다는 것이었다.

"얼마나 빼앗긴 것이지?"

"전체 상권의 삼 할이 완전히 넘어갔고, 나머지도 언제 어떻게 될지 모르는 상황입니다. 본가가 소유하고 있는 상단만으로는 아무리 잘한다 하더라도 전체 상권의 이 할을 지켜내기 어렵습니다."

"후우……."

총관의 보고에 여기저기서 한숨이 터져 나온다.

운남 전체의 상권을 틀어쥐고 뒤흔들던 대리단가의 위상이 무너지기 시작한 것은 겨우 한 달 전의 일이었다.

처음엔 그저 평범한 상단으로 생각했건만 이제와선 대리단가의 목줄을 위협할 정도로 빠른 속도로 성장을 하고 있었던 것이다.

단순히 상권의 문제만이 아니었다.

일을 해결하기 위해 움직였던 세가 무인들이 연신 패퇴하는 일이 잦아졌던 것이다.

심지어 며칠 전엔 큰맘 먹고 내보냈던 장로도 크게 다친 상태로 돌아왔었다.

"아직 놈들의 배후에 누가 있는 것인지 알아내지 못했나?"

"최선을 다하고 있으나, 쉽지 않습니다. 다만 사황성이나 백도맹의 짓은 아닐 것이라 생각하고 있습니다."

"왜지?"

"그들의 움직임은 꾸준히 주시하고 있었습니다만, 양쪽 모두 별다른 움직임이 없기 때문입니다. 거기에 조사를 하면 할수록 놈들에 대해 나오는 것이 없습니다. 마치 미궁에 빠진 것처럼 말입니다. 사황성과 백도맹이 아무리 은밀하게 움직인다 하더라도 이렇게까지 꼬리가 잡히지 않을 순 없습니다."

"가능성은 높지만 확실치는 않다는 것이로군."

"그렇습니다. 모든 가능성을 염두에 두고 조사를 진행 중이니 소식이 들어오는 데로 보고하도록 하겠습니다."

"음."

고개를 끄덕인 가주는 회의장에 자리 잡은 사람들을 보며 말했다.

"상황이 이렇게 된 이상 본가의 전력을 모두 동원한다. 더 이상의 피해를 감수 할 순 없다. 이것은 본가의 자존심과 관련된 일이니 세가 전체에 비상을 걸고 밖으로 나간 모든 수하들을 불러 들여라. 또한 언제든 움직일 수 있도록 준비해라. 이번 기회에 본가의 힘을 의심하는 자들에게 제대로 보여주는 것도 나쁘지 않은 일일 터이니."

"명을 받듭니다!"

가주의 결정과 함께 대리단가 전체가 부산스럽게 움직

이기 시작했고, 곧 하늘 뒤로 수백의 전서구들이 하늘로
솟아오른다.

푸드득!

콰직!

손에 잡힌 전서구의 목을 가볍게 꺾어버리곤 뒤로 던지
는 허독량.

"이제야 움직일 모양이로군. 거북이도 이런 거북이가
따로 없어. 쯧……."

혀를 차는 허독량.

운남을 손에 넣기 위해 공작을 벌인지 한 달.

꽤나 공격적으로 움직이며 대리단가를 자극했음에도 불
구하고 이제야 놈들은 반응을 보이고 있었다.

운남을 손에 넣는 가장 빠르고 쉬운 방법은 바로 대리단
가를 무너트리는 것이었다.

이곳 전체를 손에 쥐고 움직이는 곳이니 당연한 이야기
다.

정식으로 모습을 드러내기로 마음먹은 혈교다.

그들의 힘이라면 당장 중원 어디서든 모습을 드러내도
상관없을 정도로 막강한 힘을 가지고 있지만, 신중을 기하
기 위해 중원 무림의 시선이 떨어져 있는 운남을 첫 번째
목표로 삼은 것이다.

운남을 시작으로 광서와 광동까지 순식간에 집어 삼킬 계획을 세우고 있는 혈교였다.

남쪽에서부터 천천히 중원 무림을 북쪽으로 몰고 가며 고사시킬 계획인 것이다. 두 번 다시 중원 무림이 살아날 수 없을 정도로 확실하게 밟아죽이기 위한 계획을 혈교는 세우고 실행하고 있었다.

슥-.

몸을 돌리자 허독량의 뒤로 수십에 이르는 무인들이 자리에서 그의 명을 기다리고 있었다.

"대리단가가 움직였다. 지금부터 계획대로 대리단가 말살에 들어간다. 이틀 안에 모든 일을 해결한다."

"명!"

짧은 대답과 함께 사방으로 흩어지는 그들.

허독량의 명령이 운남 곳곳에서 대기하고 있는 혈교 무인들에게 전달되는 즉시 그들은 움직일 것이다.

"후…… 이제야 시작이로군."

하늘을 보며 웃는다.

그런 허독량의 두 눈에 살기가 가득하다.

天魔飛士

5章.

5 章.

상유천당(上有天堂) 하유소항(下有蘇抗).

단 여덟 글자로 모든 것을 설명할 수 있는 절강의 도시 항주.

밤낮이 구별되지 않을 정도로 밝고 소란스러운 이곳은 중원 최대의 향락지임과 동시 수많은 상인들이 오가는 중심지였다.

풍부한 수로는 물론이고 바다와 곧장 이어지는 물길은 자연스럽게 항주를 부흥하게 만들었다.

중원 전역에서 소비되는 돈의 3할은 이곳에서 쓰인다고 할 정도로 엄청난 양의 돈이 오가는 곳이 바로 항주였다.

그렇다보니 자연스럽게 항주 곳곳에 전장과 상단들이 자리를 잡았고, 그곳을 오가는 이들을 상대로 장사꾼들이 모여드니 계속해서 돈이 돌게 되는 것이다.

화려하기 그지없는 겉모습과 달리 항주는 어둠의 이면도 많이 가지고 있는 곳이었다.

귀족들의 자금세탁에서부터 인신매매, 도박 등등.

빛과 어둠이 동시에 크게 자리를 잡고 있는 도시였다.

그런 항주에 한 여인이 발을 딛고 있었다.

"이제 도착했네."

항주의 성문을 보며 고개를 내젓는 그녀.

빙설하였다.

도현의 허락을 구해 천마신교를 벗어난 그녀가 이곳에 모습을 드러낸 것이다.

쉬지 않고 움직인 듯 분명 깨끗했었을 그녀의 옷은 지저분하기 짝이 없었고, 곱던 머리카락도 먼지에 더럽혀져 있었다.

면사와 방립으로 철저하게 얼굴을 가린 덕분에 사람들의 시선을 받지 않은 것은 좋았지만, 반대로 그녀를 본 사람들은 얼굴을 찌푸리며 다가서려 하지 않았다.

심하게 말해서 지금 그녀의 모습은 거지와 같은 꼴이었던 것이다.

자신의 상태에 대해선 그녀 스스로도 잘 알고 있었지만

이 정도는 충분히 감수 할 수 있다고 판단했기에 이제까지 딱히 다른 조치를 하진 않았지만, 항주에 도착한 이상 이젠 깨끗하게 씻어야 했다.

"금화상단 항주지부가 어디에 있더라?"

가벼운 발걸음으로 금세 그녀가 사람들 사이로 사라진다.

●

항주의 어둠에 자리를 잡은 수많은 문파들은 대부분 사황성의 영향을 받는다.

그럴 수밖에 없는 것이 이들 대부분이 사파 출신이기 때문이었다.

스스로 가진 힘이 적으면서도 가진 이권을 빼앗기지 않으려면 더 강한 힘을 가진 자들을 등에 업으면 된다.

그렇게 대부분의 문파들이 사황성의 그늘에 들어감으로서 자신들의 영역을 인정받았으며, 서로 협력하며 새로운 세력들을 몰아내었다.

검각이 다시 무림에 복귀하며 항주가 검각의 영향력 아래로 들어가고 있었지만 항주의 어둠만큼은 사황성의 영향력이 막강한 곳이었다.

막대한 돈줄이었기에 사황성에서도 이곳을 항상 예의 주시하고 있기도 했다.

그런 문파들 가운데서 근래 이름을 날리고 있는 곳이 있었다.

언제 어디서 어떻게 만들어졌는지도 모른다.

이 바닥이 다 그렇듯 하루에도 수십의 인원이 모여 문파를 만들고, 해체한다.

새로 만들어진 문파가 버젓한 건물을 지니고 영역을 가질 때까지 버티는 일은 극히 드물 정도다.

설령 그런다 하더라도 몇 년에 걸쳐 힘을 기르고 이름을 날리기 마련인데, 그들은 모습을 보인지 겨우 일년 만에 항주에 존재하는 어떤 문파들보다 막대한 영향력을 발휘하고 있었다.

이대로라면 기존의 문파들은 더 이상 스스로를 유지 할수 없을 정도로 위협적이었다.

이를 타계하기 위해 항주의 어둠을 다스리고 있던 십대 문파들이 회동을 가졌다.

겉으로 드러나진 않으나 이들이야 말로 항주 무림의 실세라 부를 수 있는 이들이었다.

"오늘 이 자리에 모여 주셔서 감사합니다. 태황문을 대표하여 감사드립니다."

원탁에 둘러앉은 이들을 향해 자리에서 일어나 가볍게 읍을 하는 사내.

평범하게 생긴데다 아무런 힘이 느껴지지 않은 그이지만

겨우 이립의 나이에 태황문의 주인이 되어 지금까지 십년이 넘는 세월을 잘 이끌어온 그를 무시하는 자는 아무도 없었다.

불쑥 튀어나온 그의 태양혈이 겉보기와 달리 제법 막강한 실력을 지니고 있음을 알려준다.

"서로 잘 알고 있는 처지에 사족은 다 떼어내고 본론만 이야기 하도록 하지."

태황문주의 말에 거칠게 대답하는 중년인.

온 몸이 상처투성이에 앉아만 있음에도 투기를 진득하게 흘리고 있는 그는 혈투문의 문주였다.

어릴 때부터 몸으로 익혀온 그의 실력은 항주 무림에서도 손에 꼽히는 강자로 만들었다.

그의 투기에 기분 나빠 할 법도 하건만 다들 익숙한 것인지 오히려 그의 말에 고개를 끄덕이며 찬동하는 자들이 대다수였다.

태황문주 역시 마찬가지였던지 웃는 얼굴로 고개를 끄덕인다.

"좋습니다. 모두의 의견이 그러하니 바로 본론으로 들어가도록 하겠습니다. 항주의 밤을 다스리는 우리 십대문파가 한 자리에 모인 이유는 단 하나 입니다. 혈영문 때문이지요."

혈영문의 이름이 그의 입에 오르자 하나 같이 얼굴을 찡그리는 사람들.

이름을 듣는 것만으로 기분을 나쁘게 할 정도로 혈영문에 대한 적대감은 대단한 것이었다.

'제법인데…….'

십대문파의 회의가 이어지는 가운데 그들이 회의장으로 삼은 건물의 지붕에 엎드린 채로 이야기를 듣고 있는 빙설하.

온 몸을 흑의로 감싼 그녀의 은신을 눈치 챌 수 있는 사람은 극소수에 불과했다.

그녀의 실력도 실력이지만 천마신교를 벗어나기 전 도현이 새로 만든 은신술과 관련된 무공을 배운 덕분이었다.

마음먹고 몸을 숨기고자 한다면 누구도 쉽게 그녀를 발견할 수 없을 터다.

'혈영문이라니…… 누가 책임자인지 모르겠지만 참 단순하네.'

그녀가 몸을 숨겨가면서까지 이들의 이야기를 듣고 있는 것은 혈영문에 대한 정보를 모으기 위해서였다.

이미 금화상단에게서 필요한 정보를 모았지만, 오늘 이 자리가 만들어진단 정보를 입수하고선 좀 더 확실히 하기 위해 찾아온 것이다.

혈영문은 혈교가 중원에서 움직이기 위해 만든 분타와 같은 곳이었다.

동시 혈교의 자금줄 중 하나이기도 하다.

예전 혈교에 소속되어 있을 때는 생각지 않았던 것이지만 밖으로 나와서 보니 혈교의 기이할 정도로 막대한 자금이 어디에서 나오는 것인지 알 수 없었다.

물론 자체적으로 막대한 자금을 쌓아놓고 있다는 사실은 알고 있지만, 그것을 제외하고 그녀가 알고 있는 혈교의 자금줄은 몇 군데 되지 않는다.

그 중에서도 가장 큰 규모의 자금을 보내오는 곳이 바로 이곳 혈영문이었다.

이미 혈교에서 마음이 떠난 빙설하였다.

본래의 기억을 찾았다곤 하지만 다시 혈교로 돌아가고 싶은 마음은 조금도 존재치 않는다.

오히려 도현과 함께 생활하는 천마신교의 생활이 더욱 즐거운 그녀였다. 평생을 혈교의 무인으로서 살아온 그녀에게 도현, 소진과 함께 한 생활은 큰 충격이나 마찬가지였다.

도현에게 기억이 돌아왔다고 고백한 것도 기억을 찾은 지 한 달이 다되어 갈 때였다.

그동안 자신의 마음을 정리하고 결심을 하기까지 필요한 시간이 한 달이었다.

그랬던 만큼 그녀의 마음은 혈교로 돌아가지 않을 것임을 확고히 하고 있었다.

'아무리 편하게 대해준다고 해도 밥값은 해야지.'

사실 밖으로 나갈 필요가 없음에도 불구하고 그녀가 나온 까닭은 간단했다.

그 생각처럼 밥값을 할 필요가 있기 때문이었다.

현재 천마신교 최대의 적은 혈교이고, 도현이 혈교를 향해 얼마나 칼을 갈고 있는지 아주 잘 알고 있었다.

그런 상황이기에 혈교의 자금줄 중 하나를 자신의 손으로 끊음으로서 자신의 밥값을 해결하려는 것이다.

더불어 지금 혈교의 움직임과 앞으로의 방향에 대해 알아보려는 이유도 있었다. 그것을 아는 것만으로도 천마신교는 혈교의 움직임에 충분히 대응 할 수 있을 테니까.

당장 그녀의 머릿속엔 혈교의 계획에 대해 무수히 많은 것들이 들어 있었지만, 제 정신을 차리고 다시 돌아봤을 때엔 이미 계획과 많이 달라져 있어 더 이상 필요 없는 것이 되었다.

틀어진 계획에 대해선 일말의 재고도 없이 폐지한다는 것을 잘 알고 있기 때문이다.

그렇게 복잡한 생각을 하는 사이 회의장은 더욱 과열되고 있었다.

하지만 그 대부분이 혈영문을 막아야 한다는 것에는 동의하면서도 자신의 힘을 드러내는 것을 꺼려하고 있었다.

아무리 공동의 적이 나타났다 하더라도 기본적으로 서

로 적대관계에 있기 때문이다.

혈영문을 처리하는 과정에서 많은 피해를 입기라도 한다면 순식간에 십대문파 밖으로 밀리게 될 테니 꺼려하는 것이다.

'멍청이들.'

짧게 혀를 찬 그녀는 조심스레 몸을 일으켜 건물을 떠난다.

하는 꼴을 보고 있자니 더 이상 이 자리에 있어도 얻을 만한 정보가 없어보였기에 미련 없이 몸을 돌린 것이다.

가볍게 몸을 날려 도착한 곳은 금화상단의 항주지부였다.

도현이 준 패를 보이는 것만으로 이곳에서 극진한 대접을 받고 있는 그녀였다.

필요한 만큼 돈을 꺼내 쓸 수 있지만 지부에서 머무를 수 있는 이상 굳이 사람들의 눈이 많은 객잔을 이용할 필요가 없었다.

빙설하의 독특한 분위기와 미모는 좋든 싫든 많은 이들의 이목이 집중 될 것이 분명했기 때문이다.

혈교에선 자신이 죽었을 것이라 생각하고 있을 텐데, 자신이 모습이 눈에 띈다면 여러모로 귀찮아질 것이 분명했다.

혈교로 돌아갈 생각이라면 모르겠지만 말이다.

스슥.

얼굴을 감싸고 있던 검은 복면을 벗겨낸 그녀가 자리에 편하게 앉는다.

지부에서 그녀에게 내어준 방은 별원으로 편하게 움직이기 위해 시비조차도 배치하지 않은 상태였다.

지부장으로선 금화상단 전체를 아우를 수 있는 패를 가진 손님에게 제대로 된 접대를 할 수 없다는 것이 불안하긴 했지만, 그것 또한 명령이기에 충실히 따르고 있었다.

무섭도록 성장하고 있는 금화상단인 만큼 그녀가 머물고 있는 별원도 화려하기 그지없다.

특별한 손님들을 위해 만들어진 곳이니 만큼 더욱 그러하다.

이런 방의 존재는 이곳에 머무는 손님에게 하여금 상단의 금력을 확인시켜 줄 수 있는 좋은 기회이기 때문에 어떤 상단이든 이런 특별한 방을 만들어 놓기 마련이다.

그 중에서도 이곳은 항주에 자리를 한 곳이다 보니 쉽게 볼 수 없는 수많은 물건들로 가득 들어 차 있었지만 그런 것에는 흥미가 없는 그녀였다.

하지만 이런 것들에 관심이 있는 이들이 이 방에 머물렀다면 금화상단의 재력에 감탄을 했을 터다.

간단하게 지금 그녀가 우려내어 마시고 있는 차를 머금고 있는 찻잔만 하더라도 금화 수십 냥에 이르는 동방의 것으로 황실에서나 쓸만한 명품이었다.

"어느 정도 정보는 모았으니…… 남은 것은 혈영문이 움직일 때를 기다리는 것뿐인가?"

혈영문에 대한 정보는 이미 충분할 만큼 수집한 그녀다.

금화상단은 중원의 수많은 상단들 가운데서도 급속도로 떠오르고 있는 곳이었다. 그렇지 않아도 십대상단의 하나이던 금화상단의 빠른 성장세에 무너진 만금상단을 대신하여 천하삼대상단의 하나가 되지 않을까 하는 이들이 많았다.

그런 만큼 금화상단이 자체적으로 가지고 있는 정보는 방대한 것이었다.

상단에게 정보는 곧 돈과 같음이니.

어쨌거나 지금 그녀가 혈영문을 상대로 할 수 있는 일은 크게 두 가지였지만 실상 길은 하나 밖에 없었다.

혈영문 자체를 지워버리는 것과 그들을 자연스럽게 천마신교의 휘하로 끌어들여 혈교의 정보를 빼내는데 사용하는 것이다.

전자는 귀찮기는 하지만 그녀의 힘으로 충분히 가능한 일이지만 후자의 경우는 사람을 대체해야 하는 만큼 천마신교의 힘을 필요로 한다.

혈영문을 무너트리는 것은 그리 어렵지 않은 일이다.

그녀가 알기로 혈영문의 문도들 중 대대수는 혈교와의 관계를 모르는 이들이다.

다시 말해 수뇌들만 없애버린다면 되는 일인 것이다.

머리가 없어져 혼란스러운 혈영문을 없애는 것은 항주의 십대문파들의 몫이다.

반대로 혈영문을 차지하고자 한다면 일단 문파 전체를 장악해야 했다.

말을 듣지 않는 자들은 쳐내야 하겠지만, 되도록 최소한으로 줄이고 남은 자들을 회유해야만 혈교에서도 큰 의심 없이 지금과 같은 행동을 보일 터다.

정보를 빼내기 위해선 조금의 의심도 사선 안 될 일이었다.

"아무래도 성과는 후자가 좋겠지만, 혈뇌의 머리를 생각한다면…… 전자 밖에 선택지가 없겠네."

혈뇌의 무서움에 대해 누구보다 잘 알고 있는 것이 그녀다.

작은 움직임만으로도 혈뇌는 철저하게 조사하고 분석하여 의심을 없애려 할 것이었고, 그의 눈을 완벽하게 피한다는 것은 쉬운 일이 아니었다.

우웅-!

가볍게 내공을 일으키자 작은 소음과 함께 하얗게 변하는 손.

아니, 하얗다기 보단 투명해진다.

소수(素手)라는 이름에 걸맞다.

"이런 무공을 만들어 낼 수 있다니……."

자신을 위해 도현이 만들어낸 무공.

본래 자신이 익히고 있던 무공을 변형시키고 새로 재해석한 것이지만, 그것만으로도 충분히 새로운 무공이었다.

아니, 새로운 무공 그 이상이었다.

그녀 스스로 느끼기에도 소수마공은 천하에서도 손에 꼽을 수 있을 만한 절대적 위력을 발휘하는 무공이었다.

그와 동시 소수마공의 한계에 대해서도 어렴풋이 깨달을 수 있었다.

무공 자체는 대단히 뛰어나지만 문제는 그 바탕이 혈빙공이라는 것이다.

혈빙공은 비록 이름은 다르지만 혈마공과 같은 원류를 지닌 무공이다. 다시 말해 피를 볼수록 강해지는 무공이며 혈빙공을 익히기 위해선 반드시 사람의 피를 필요로 한다는 것이다.

그 뜻은 소수마공 역시 비슷한 절차를 겪어야 한다는 것이었다.

아무리 도현이 재해석을 하며 새로운 무공으로 탄생했다고는 하지만 기본이 혈빙공이다보니 피를 취하지 않으면 제 위력을 발휘 할 수 없을 것이다.

게다가 그렇게 익힌 소수마공으로 인해 주화입마에 걸려 무슨 짓을 벌일지 알 수 없었다.

다시 말해 후대 소수마공은 후대에 물려주기 어려운 무공이라는 것이다.

뛰어난 무공이니만큼 제자를 들여 후대에 물려주는 것도 나쁘지 않은 일이지만, 약점을 알고 있으면서도 이대로 누군가에게 물려준다는 것은 내키지 않는 일이다.

"뭐, 어떻게든 되겠지."

당장 급한 것은 소수마공에 대한 이야기가 아니기에 빙설하는 애써 생각을 바꿔 앞으로 자신이 할 일에 대해 정리하기 시작했다.

그러는 사이 해가 떠올랐다.

혈영문주 광겸(狂鎌) 나한용의 얼굴은 두 번 보기 어려울 정도로 일그러져 있었다.

그렇지 않아도 얼굴에 가득한 흉터 등으로 인해 못생긴 얼굴이 더욱 망가진 것이다. 애초 원판도 그리 잘생긴 편은 아니었지만.

별호에 미쳤다는(狂) 글자가 들어갔을 정도로 평소 광겸의 행실은 결코 좋지 않았다.

그럼에도 불구하고 혈영문이 온전히 돌아가고 있는 것은 광겸의 실력이 대단하기 때문이었다.

그런 광겸의 얼굴이 한 것 일그러진 채 눈앞에서 식은땀을 잔뜩 흘리고 있는 총관을 뚫어져라 쳐다보고 있었다.

눈에 보일 정도로 축축하게 젖은 총관의 옷.

상황을 지켜보는 혈영문 무인들이 총관을 불쌍하게 여길 때쯤 마침내 광겸의 입이 열렸다.

"그러니까 이번 달 상납금을 제대로 맞추지 못했다는 것이지?"

"그, 그렇습니다. 검각의 방해로 인해 제대로 된 영업을 할 수 없었던 지라……."

쾅-!

굉음과 함께 그가 앉아 있던 의자가 박살나며 사방으로 비산한다.

그 모습에 더욱 긴장하는 사람들.

"미친 거지? 그렇지? 위로 올라가는 상납금이 얼마나 중요한 것인지 잘 알고 있을 텐데? 응?"

"죄, 죄송합니다!"

덜덜덜.

고개를 숙이며 몸을 떠는 총관.

이 자리에 있는 수십의 인원은 혈영문이 버는 막대한 돈이 어디론 가로 흘러들어간다는 것을 알고 있었다.

그리고 그것이 혈영문의 번성과 안전을 지켜주고 있는 막대한 안전장치라는 것도 알고 있었다.

한달에 지출되는 상납금의 숫자는 어마어마한 것이지만 그것을 충분히 감당 할 수 있을 정도로 혈영문은 많은 돈을 벌고 있었다.

하지만 이번 만은 어쩔 수 없었다.

모습을 감췄던 검각이 다시 등장하며 어둠에 속한 문파들의 활동이 위축되었고, 그 여파로 인해 평소보다 적은 자금이 수금되었던 것이다.

십대문파에 줄을 대고 있던 상인들이 검각으로 줄을 바꿔 탄 것도 있었다.

결국 총관이 무능하기 때문이 아니었지만 광겸에겐 그런 것은 하등 상관이 없는 것이다.

중요한 것은 상납금을 마련하지 못했다는 것이니까.

"등을 돌린 놈들 중에 제일 큰 사업체가 어디지?"

"나, 낙화루 입니다."

낙화루는 이곳 항주에서도 손에 꼽히는 홍루로 그 규모도 규모이지만 하루에 벌어들이는 돈이 엄청난 것으로도 유명했다.

그런 낙화루가 돌아선 것만으로도 혈영문의 전체 수입 중 1할이 줄어들 정도로 말이다.

으드득!

이를 갈며 자리에서 일어선 광겸은 주변에 대기하고 있는 수하들을 향해 외쳤다.

"애들 모아라! 낙화루를 지운다."

"무, 문주님!"

깜짝 놀라는 수하들.

당연한 일이었다.

밤도 아닌 지금은 대낮.

아무리 혈영문이 강한 힘을 지니고 있다지만 대낮에 버
젓이 움직여 행패를 부리는 것을 관(官)에서 보고 있을 리
가 없었다.

"뒷일은 생각지마라. 지금 얕보이면 두 번 다시 돌이킬
수 없을 테니까. 총관."

"예!"

"그동안 뇌물을 먹였던 보람을 제대로 보여 봐라. 알겠
나?"

으르렁거리는 그의 모습에 총관은 이것이 자신에게 주
어진 마지막 기회라는 사실을 깨닫곤 필사적으로 고개를
끄덕였다.

"좋아. 가자!"

살기를 일으키며 소리치는 광겸의 뒤를 그 수하들이 따
른다.

그가 움직이고자 마음먹었으니 누가 말린다 하더라도 소
용없다는 것을 그동안의 경험으로 잘 알고 있었던 것이다.

낙화루의 낮은 밤과 달리 한적한 모습이지만 그렇다고
바쁘지 않은 것은 아니었다.

오히려 영업이 한창인 밤보다 더 바쁘면 바빴지 한가하
진 않았다.

밤에 쓸 술을 비롯하여 각종 식자재가 대규모로 들어오는
데다, 영업에 쓰인 객실을 비롯해 각 방의 청소가 실시된다.

자고 일어난 기녀들이 필요한 물건을 사기 위해 연신 들
락거리니 자연스럽게 낙화루는 밤 못지않게 낮에도 바쁜
것이다.

평소라면 인부들이 힘쓰는 소리에 시끄러운 낙화루이지
만 오늘만큼은 달랐다.

쾅!

굉음과 함께 부서지는 낙화루의 집기들.

꺄아악!

비명소리와 함께 거칠게 날 뛰는 혈영문의 무인들 때문
에 이곳에 머물고 있던 손님들이 황급히 뒷문으로 연신 빠
져나간다.

갑작스런 그들의 움직임을 막기 위해 낙화루의 총관이
나섰지만 제지 할 수 없었다.

오히려 앞으로 나선 혈영문주 광겸에게 지독하게 얻어
맞고 쓰러져야 했다.

루주가 외부로 출타한 상황이라 총관이 쓰러지자 상황

을 매듭지을 사람이 없어졌고, 그에 혈영문의 무인들이 더욱 날뛰기 시작한다.

순식간에 화려하던 낙화루의 시설들이 부서져 나간다.

덜썩!

기세 좋게 움직이는 수하들을 보며 한쪽에서 의자를 끌어와 앉는 광겸.

"적당히 하라고."

"예, 문주님!"

우렁차게 대답하지만 그 행동은 더욱 과격해진다.

그 모습에 광겸은 클클 대며 웃는다.

"이게 무슨 짓인가요!"

그때 가냘픈 여인의 목소리가 낙화루를 울리며 이층에서 백의를 입은 한 여인이 걸어 내려온다.

그녀의 뒤로 낙화루 소속의 기녀들이 늘어서 있었다.

"호, 그렇게 얼굴보기 어렵다는 월화(月花)를 이 자리에서 보게 될 줄은 몰랐어."

나올 줄 알았다는 듯 월화를 향해 고개를 돌리는 광겸.

월화는 낙화루 최고의 기녀임과 동시 이곳 기녀들의 기둥과 같은 존재였다.

그녀와 하루를 보내기 위해선 수천만 냥으로도 부족했다. 그녀가 손님을 받는 규칙은 스스로의 가치가 높은 자들뿐이었다.

무림에서 이름 높은 자, 관에서 이름이 높은 자.

그리고 스스로의 가치를 증명해 보인자.

다시 말해 그녀와 하루를 보냈다는 것은 그만큼 자신의 이름을 높일 수 있는 기회인 것이다.

이런 당돌한 규칙을 내세울 수 있는 것은 그만큼 그녀의 뛰어난 미모와 더불어 기녀답지 않은 높은 지식까지.

그녀 스스로의 가치를 많은 이들에게 보였기에 가능한 일이었다.

한 가지 분명한 것은……

월화라는 이름에 걸맞게 그녀의 미모는 이곳 항주에서도 최고로 꼽힌다는 것이다.

이곳 낙화루가 항주 제일의 기루가 된 것도 그녀의 힘이 크게 미쳤기 때문이었다.

그녀의 등장에 혈영문 무사들의 폭력에 두려워하던 하인들의 얼굴이 크게 밝아진다. 그녀가 미치는 영향이 얼마나 대단한 것인지 그것만으로 알 수 있을 정도였다.

"대체 이게 무슨 짓입니까?"

"글쎄? 루주라면 왜 이러는 것인지 잘 알고 있지 않을까?"

"혈영문과의 인연이 끝났다는 것은 루주께 들어 알고 있는 일입니다. 그것 때문입니까?"

"알고 있다니 다행이로군."

"치졸하군요."

그녀의 말에 광견의 눈썹이 일순 꿈틀거린다.

차가운 얼굴로 광견을 보며 월화는 쉬지 않고 입을 열었다.

"인연이 끝난 것을 가지고 이런 식으로 치졸하게 굴다니, 이제까지 항주의 어떤 문파도 인연이 끊어졌다 해서 이런 짓을 저지른 곳은 없었……."

휙─ 쾅!

그녀의 옆을 스쳐 지나가 벽에 부딪쳐 부서지는 의자.

갑작스런 일에 기녀들 몇이 비명을 지르며 쓰러지듯 자리에 앉는다.

하지만 정작 월화는 눈 하나 깜짝하지 않고 자신이 앉아 있던 의자를 집어 던진 광겸을 쳐다본다.

무심하고 차가운 그녀의 눈빛에 광겸의 얼굴이 일그러진다.

혈영문주란 자리에 있음에도 불구하고 광겸은 월화와 하룻밤을 지낸 적이 없었다. 그저 이곳을 들락거리는 동안 그녀를 본 것이 전부였다.

남자로서 그녀에 대한 소유욕이 어찌 없지 않으랴.

그렇기에 광겸은 꾸준히 그녀를 찾았으나 지금까지 그녀는 자신을 받지 않고 있었다.

그랬던 기억이 머릿속을 스쳐지나가자 자연스레 그의 얼굴이 일그러진 것이다.

본래는 적당히 이곳을 부수고 다시 자신들에게 상납을 하게 만든 뒤 돌아가려고 했었지만 월화의 모습을 보곤 마음을 달리 먹었다.

상납은 언제든 다시 할 수 있게 만들면 된다.

오늘은 월화를 자신의 것으로 만들 때였다.

그렇게 생각한 그가 발걸음을 옮기려는 그 순간이었다.

"멈춰라!"

다급한 목소리와 함께 일련의 여인들이 낙화루로 들어온다.

하나 같이 검을 가지고 기세가 높다.

검각의 무인들이었다.

그들의 등장에 혈영문의 무인들이 광겸의 주변으로 모여들었고, 광겸의 얼굴 또한 그녀들을 보며 일그러트린다.

설마하니 검각이 벌써 움직일 것이라 생각지 못했던 것이다.

검각이 항주를 자신들의 영역 아래 두었다고 한들 검각 무인들은 외부로 잘 나오질 않았다.

다시 말해 이곳에서 문제가 생긴다 하더라도 도착하기까지 꽤나 긴 시간이 걸린다는 이야기였다.

그럼에도 검각이 영향력을 이곳에서 발휘할 수 있는 것은 검각의 위명 때문에라도 어지간한 잡배들은 검각의 보호를 받는 상인들을 건드릴 수 없는 것이다.

"이곳은 검각의 비호를 받는 곳이다! 물러서라!"

선두에 선 여인의 큰 목소리에 광겸의 얼굴이 일그러지더니 곧 강한 살기를 내뿜기 시작했다.

때를 맞추어 그가 데려온 수하들 역시 살기를 일으킨다.

항주의 어둠을 장악하고 있던 십대문파를 밀어내며 급속도로 성장한 혈영문의 바탕에는 강한 무력이 뒷받침 되었기에 가능한 일이다.

보통 어둠에 숨어 살며 움직이는 이들이 무인이라 부르기 어려울 정도로 겨우 삼류수준을 벗어나는 무력을 지닌 것과 달리 혈영문 무인들은 하나 같이 이류 이상의 기세를 뿜어내고 있었다.

특히 광겸에가 가까이 선 자들은 일류의 기세를 발했다.

그에 당황한 것은 검각의 무인들이었다.

검각에 필요한 물건이 있어 들렀다가 우연히 소란이 일어났음을 알고 움직인 것이 의외의 사태로 발전한 것이다.

게다가 가벼운 마음으로 움직였던 것이기에 몇 사람 되지도 않았다.

그렇다고 뒤로 물러서진 않았다.

인원은 부족하지만 그것을 채우고도 남을 실력이 그녀들에겐 존재하고 있는 것이다.

하지만 그것도 잠시였다.

광겸이 본격적으로 실력을 보이자 일이 잘못되었음을 깨닫는데 오랜 시간이 걸리지 않았다.

낙화루 전체를 가득 메우는 강렬한 살기(殺氣).

"죽여."

짧고 굵은 그의 한 마디에 혈영문 무인들이 움직이기 시작했다.

챙!

날카롭게 검을 뽑아든 검각 여인들의 얼굴이 굳었다.

자신들이 검각의 무인인 것을 알면서도 덤벼든 것은 결코 간단한 문제가 아닌 것이다.

"쳐라!"

선두에 선 여인의 외침과 함께 그녀들이 일제히 움직인다.

"생각보다 검각 무인들의 움직임이 좋질 않네…… 실력에 비해서 실전 경험이 부족하다는 것이 큰 약점으로 발목을 붙들고 있는 거로구나."

낙화루의 반대편에 우뚝 선 건물의 지붕 위에 자연스럽게 앉은 채 낙화루의 상황을 주시하는 빙설하.

이전 날 밤의 모습과 마찬가지로 흑의와 두건 등으로 최대한 자신의 모습을 감춘 그녀는 사람들의 눈에 띄지 않는 곳에서 상황을 지켜보고 있었다.

주변에 그녀가 있는 건물과 비슷한 높이의 건물이 없으니 대충하더라도 모습을 감추는 것은 그리 어려운 일이 아니었다.

확실히 그녀의 말처럼 검각 무인들은 실력의 우위에 있음에도 불구하고 제대로 그 실력을 발휘하지 못하고 있었다.

검각에서 꾸준한 수련과 끊임없는 대련을 했다곤 하지만 실전이라는 것은 전혀 다른 것이다.

실전의 부족함이 진검과 진검을 맞대며 살기가 판을 치는 지금 싸움에서 연신 밀리게 만드는 것이다.

그것을 눈치 챈 광겸은 수하들을 독촉한다.

자신이 나설 수도 있으나 그러지 않는 것은 이번 기회에 검각을 무릎 꿇리려는 것이다.

문주도 아닌 수하들에게 당했다는 사실이 알려진다면 혈영문이 더욱 커질 수 있는 절호의 기회이기 때문이다.

불같은 성격을 지닌 그이지만 이런 판단력을 가졌기 때문에 혈영문을 크게 키워내며 혈교의 자금줄 역할을 할 수 있는 것이다.

"흐…… 아무래도 저들은 너흴 지켜줄 수 없을 것 같군."

광겸의 말에 월화의 눈망울이 살짝 흔들리지만 겉으로 내색은 하지 않았다.

자신이 흔들리면 자신을 믿고 지켜보고 있는 모든 이들이 흔들린다는 사실을 잘 알기 때문이었다.

루주가 출타하고 총관이 쓰러진 지금 이곳을 책임져야 하는 것은 다른 누구도 아닌 월화 자신이었다.

"이번 기회에 널 내 것으로 만들어야 하겠다."

혈겸은 굳이 자신의 욕심을 숨기지 않았다.

음욕으로 번들거리는 그의 눈을 보며 월화의 몸이 살짝 떨린다.

그때였다.

"크아악!"

"아악!"

갑작스런 비명과 함께 피 냄새가 낙화루를 가득 채운다.

"쓰레기 같은 놈들."

손에 묻은 피를 털어내는 한 사람.

몸에 밀착되는 흑의와 두 눈만 내놓은 모습이지만 몸의 굴곡으로 보아 여인이 확실하다.

검각 무인들이 밀리다 못해 위험하다 판단되는 순간 이번 일에 뛰어든 빙설하였다.

그녀의 등장으로 검각 무인들은 목숨을 부지 할 수는 있었지만 죽음을 코앞에까지 두었던 것 때문인지 얼굴이 창백해져 있었다.

게다가 온 몸에 자잘한 상처들이 가득이었다.

본래라면 그녀들의 어려움을 무시했겠지만 소진과의 인연 때문에라도 검각에 도움을 주기 위해 일부러 움직인 것이다.

갑작스런 그녀의 등장과 함께 상황이 달라지기 시작했다.

빙설하의 몸에서 흐르는 강렬한 기운과 살기는 혈영문 무인들의 몸을 움찔하게 만들기에 충분했다.

보는 것만으로 자신들로선 상대가 되지 않음을 간파한 것이다.

그렇게 주춤하는 수하들을 뒤로하고 앞으로 나선 것은 광겸이었다.

그 역시 수하들론 그녀를 상대 할 수 없음을 한 눈에 알아본 것이다.

"누구냐."

낮게 으르렁거리는 놈을 보며 빙설하는 무시하곤 몸을 돌려 검각 무인들을 보았다.

"돌아가세요. 이곳의 일은 내가 처리하도록 하죠. 그리고 다음 번엔 실전 경험을 더 쌓는 것이 좋겠습니다. 실력은 있으나 실전 경험이 뒤떨어지는 군요."

"누, 누구십니까?"

검각 무인들 중 가장 앞장서서 싸우던 여인의 물음에 빙설하는 작게 대답했다.

"소진의 친구."

"……!"

그 한 마디에 그녀는 눈을 크게 뜨더니 곧 고개를 숙여 감사의 표시를 하고선 곧장 물러섰다.

어떻게든 자신들의 힘으로 이곳을 정리하고 싶지만 상처 입은 아이들이 많아 어찌 할 수 없음을 깨달은 것이다.

게다가 검후라는 별호는 잘 알려졌지만 그녀의 이름은 알려지지 않아, 친구가 아니라면 알 수 없는 일이다.

검각 무인들이 손쉽게 물러서자 그제야 다시 몸을 돌리는 그녀.

빈틈을 타 공격에 나설 수도 있었지만 광겸은 그러지 않았다.

위험하다는 본능이 계속해서 머릿속에서 속삭이고 있었다.

으득!

이를 악문 그가 뒤를 향해 손을 뻗자 기다렸다는 듯 그의 독문병기인 겸(鎌) 두 자루를 가져오는 수하.

날이 바짝 선 크고 작은 두 자루의 겸을 보며 빙설하는 속으로 웃었다.

아무리 혈교에서 자금 마련을 위해 내보냈다곤 하지만 혈겸의 실력은 그리 높지 않았다.

애초 혈교 무인이란 사실을 들키지 않기 위해 강한 마기

를 내뿜는 자들을 제외하고 약간의 실력과 머리가 잘 돌아
가는 자들을 위주로 선별했기 때문이었다.

다시 말해.

그녀에겐 이들을 상대하는 것이 아무것도 아닌 것이다.

콰득!

기괴한 소리와 함께 부러져 나가는 광겸의 다리.

이어 그의 팔이 부러져 나가며 자리에서 쓰러져 내린다.

자신들의 문주가 쓰러지고 있음에도 불구하고 누구하나
나서지 않았는데, 그럴 수밖에 없었다.

문파 최강의 자리를 지키던 광겸이 그녀에게 손 하나 대
지 못하고 처참하게 쓰러졌으니까.

탁탁.

가볍게 손을 터는 설하.

겸은 날카로웠지만 그것을 다루는 실력은 형편없었다.
대략 이럴 것이라 생각은 했었지만 설마하니 이리 쉽게 처
리 할 수 있을 것이라곤 예상치 못했다.

아무리 그래도 혈교의 돈줄이니 만큼 숨기고 있는 것이
제법 있을 줄 알았던 것이다.

'내 예측이 틀린 건가? 아니면…… 다른 일에 집중하느
라 이곳을 소홀히 하는 건가?'

복잡해지는 머릿속.

눈앞에 쓰러진 놈의 실력이야 그렇다 치더라도 어마어
마한 돈이 움직이는 만큼 돈을 보호하기 위해서라도 교의
고수가 있어야 하건만 그런 움직임이 조금도 없었다.

놈과 싸우는 와중에도 온 사방으로 기감을 펼치며 만약
을 대비했지만 쓸데없는 짓이었다.

'혈교에 돈이 아무리 많다하더라도 이런 곳을 소홀히
하고 있을 자들이 아니야…… 그렇다면 뭔가 다른 일을 꾸
미고 있다는 것인데 뭐지?'

쓰러진 놈을 보며 미동도 하지 않는 설하를 향해 월화가
다가와 고개를 숙였다.

"도움을 주셔서 감사합니다. 은인의 대명(大名)을 물어
도 될 런지요."

정중히 말하는 그녀의 눈엔 감사의 빛이 한 가득이지만
설하는 고개를 저었다.

"그저 지나가는 길에 도움을 드렸을 뿐이니 개의치 마
시길. 검각과의 작은 인연이 있을 뿐입니다."

텁.

그 말과 함께 쓰러진 놈의 뒷덜미를 잡아 가볍게 자신의
어깨위에 올린 설하는 놈의 수하들을 보았다.

순간 움찔하는 놈들.

"네놈들은 날 따라와라. 그럼."

가볍게 고개를 숙이곤 밖으로 빠져나가는 설하.

그 뒷모습에 월화는 잡을 수 없었다.

그녀의 뒤를 우물쭈물하며 따라 나서는 혈영문의 무인들. 그들이 전부 빠져나가자 이곳저곳에서 안도의 한숨들이 터져 나왔다.

비록 가게 내부가 엉망진창이 되어 며칠 영업을 할 수는 없겠으나 혈영문과 완전히 인연을 끊어 낼 수 있었으니 낙월루도 큰 손해를 본 것은 아니었다.

광겸과 그 수하들을 이끌고 설하가 간 곳은 바로 혈영문이었다.

혈영문의 마당에 광겸을 던져 넣은 그녀의 시선이 어느새 자신을 포위하고 선 자들을 바라본다.

움찔.

날카로운 그녀의 기세에 일순 뒤로 물러서는 자들.

'이곳에도…… 없다?'

혈영문에 들어섬과 동시 기운을 퍼트려 고수들을 찾았으나 그녀의 기감에 걸려드는 자가 없었다.

그녀의 기감을 피하기 위해선 그녀보다 월등히 뛰어난 실력을 갖추어야 한다는 것인데, 소수마공을 익히며 이전과 비교 할 수 없을 정도로 강해진 그녀의 눈을 피한다는 것은 쉬운 일이 아니었다.

"……목적이 무엇이냐!"

그때 그녀의 뒤로 묵직한 목소리가 들려온다.

혈영문의 총관이었다.

문의 최고 고수인 문주가 저렇게 떡이 되어 돌아왔다는 것은 눈앞의 여인이 자신들로선 어찌 할 수 없는 고수라는 말이었다.

그럼에도 불구하고 죽이지 않고 이곳으로 왔다는 것은 그녀가 원하는 것이 있다는 소리.

혈영문은 무서운 성장세만큼 적이 많은 곳이다.

문주인 광겸의 힘으로 모두를 눌러왔지만 광겸이 죽기라도 한다면 문파가 통으로 사라질지도 몰랐다.

막대한 이득을 올리고 있는 혈영문이다보니 문도들에게 떨어지는 것도 적지 않은 양이었고, 그렇기에 다들 문파가 사라지는 것을 원하지 않고 있었다.

일단 문주만 살아만 있다면 그가 치료를 하는 동안 어떻게든 몸을 웅크리고 적들의 공격에서 버티면 된다.

문주가 복귀한다면 얼마든지 다시 원래의 영역을 찾을 수 있을 테니까.

그런 총관의 생각을 꿰뚫어본 빙설하.

팡!

퍼퍽!

그녀의 가벼운 손짓에 순식간에 광겸의 머리가 수박처럼 터져나간다.

그 모습에 움찔하며 다시 뒤로 물러서는 무인들.

무인이라고 부르기도 아까운 그 모습을 보던 그녀의 눈이 총관을 향한다.

본래 빙설하도 광겸을 죽일 생각까진 없었다.

그런데 눈앞의 총관을 보며 생각을 달리 먹었다.

겉으로 무공을 익히지 않은 것 같은 그와 눈이 마주치는 순간 그 모습이 철저하게 자신을 감추고 있는 것이란 사실을 깨달았기 때문이었다.

갑작스런 상황에 모두들 당황하고 있을 때 총관이 굳은 얼굴로 입을 열었다.

"이게…… 무슨 짓이오?"

"언제까지 그 가면을 쓰고 있을 수 있을까."

작게 중얼거리는 빙설하.

어떻게 해서 자신의 눈을 피할 수 있었는지 모르겠지만 중요한 것은 눈앞에 진짜 혈영문의 실세가 나타났다는 것이다.

모르긴 해도 광겸은 스스로 이곳의 주인이라 생각했겠지만 실제로는 총관인 그가 모든 것을 처리했을 것이다.

총관이란 위치는 남들 몰래 움직이고서도 스스로의 정체를 감출 수 있는 좋은 자리였다.

휘릭!

빙설하의 손이 빛을 발하며 강력한 장력을 쏘아낸다.

갑작스런 공격임에도 불구하고 총관의 얼굴엔 표정의
변화가 없다.

쾅–!

굉음과 함께 허공에서 폭발하는 빙설하의 장력.

"쯧!"

짧게 혀를 차며 앞으로 나선 것은 총관이었다.

얼음장처럼 차가운 얼굴로 나선 그의 몸에선 지금까지
볼 수 없던 강렬한 살기가 흐르고 있었다.

우웅–.

살기와 함께 붉은 문신이 그의 얼굴과 드러난 신체 곳곳
에서 모습을 드러낸다.

붉은 문신.

마치 주술의 그것과 같은 형식의 문신을 보며 빙설하는
왜 자신이 그의 기척을 제대로 잡아내지 못한 것인지 알
수 있었다.

"혈주(血呪)를 완성한 건가."

"……넌 누구냐."

굳은 얼굴로 빙설하를 바라보는 그.

혈주에 대해 알고 있는 무림인은 없다.

혈교의 사람이 아니고선 결코 알 수 없는 것이 혈주였
다. 아니, 혈교의 사람이라 하더라도 이것에 대해 알고 있
는 것은 극소수에 불과하다.

완성된 것이 겨우 얼마 전의 이야기인데다 그마저도 불안정하여 실제 시술을 받은 사람이 극소수였기 때문이다.

그런 혈주를 안다는 것은 보통 심각한 문제가 아니었다.

슥.

자신이 묻고서도 답을 원했던 것은 아닌지 재빨리 품에서 피리를 꺼내 세차게 부는 그.

아무런 소리도 나지 않는 것처럼 보이지만 특수한 수련을 쌓은 이들에겐 너무나 선명하게 들리는 소리다.

빙설하 역시 수련을 받은 사람이기에 눈썹을 찡그렸다.

코앞에서 들리는 소리다보니 귀가 아팠던 것이다.

하지만 딱히 움직임을 보이진 않는다.

처음부터 이곳을 지우는 것이 목적이었고, 스스로 혈교의 무리들을 집결시켜 준다는데 거절할 필요가 없는 것이다.

잠시 후 일련의 무리들이 담을 넘어 들어오기 시작했고, 그들의 등장과 함께 총관은 명령을 내렸다.

"지워라."

"명!"

서컥!

"크아아악!"

푸확!

비명소리와 함께 사방에 튀는 피!

혈교 무인일 것이 분명한 놈들은 명령이 떨어지자마자 움직이며 혈영문 무인들을 가차 없이 죽이기 시작했다.

잔인하기까지 한 놈들의 움직임에도 불구하고 빙설하는 움직이지 않았다.

굳이 움직일 필요가 없다 생각한 탓이다.

자신의 사람도 아니고, 아는 이들도 아니다.

항주의 어둠에 기대어 다른 이들을 좀먹고 사는 이들에게 굳이 자신이 힘을 보태어 구해주고 싶은 생각은 들지 않았다.

도현과 소진을 만나며 많은 것이 바뀌었다고 하지만 이런 점에선 혈교에 있을 때의 모습 그대로였다.

"사, 살려줘…… 아악!"

"컥!"

겨우 일 다향 정도의 시간 만에 혈영문에 존재하는 모든 사람을 죽이고 총관의 뒤로 늘어서는 혈교의 무인들.

겨우 십여 명에 불과했지만 놈들이 흘려내는 기세는 일류 그 이상이었다.

하나 같이 붉은 문신이 상징적인 놈들의 모습을 보는 빙설하.

'혈주가 완벽하게 완성된 것은 아닌 것 같은데…… 기운을 감추는 것에만 성공한 건가? 아니면 다른 능력이 또 있는 걸까?'

빠르게 움직이는 머릿속.

하지만 결론은 하나였다.

몸으로 직접 체험해 보면 된다는.

슥……!

천천히 기운을 끌어올리며 손을 드는 그녀.

우웅–!

가벼운 울림과 함께 투명해지기 시작하는 빙설하의 손과 함께 사방을 압도하는 막대한 마기의 준동에 총관은 깜짝 놀라면서 재빨리 외쳤다.

"죽여라!"

본래 생포하려 했으나 그녀에게서 느껴지는 기세가 예사롭지 않자 방향을 선회한 것이다.

허나, 빙설하 역시 마찬가지였다.

어차피 놈들에겐 물어야 할 것이 있었다.

그리고 그것엔 많은 입을 필요치 않았다.

天魔无土

6章.

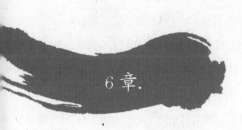

6 장.

줄줄……

"쿨럭!"

기침과 함께 조각난 장기와 함께 죽은피가 한가득 튀어나온다.

더 이상 서 있을 힘도 없기에 무릎을 꿇은 그의 눈에 여기저기 쓰러진 수하들이 보인다.

꿈에도 생각지 못했던 모습이다.

혈교의 정예라 할 수 있는 자신들이 겨우 한 명의 여인에게 이렇게까지 철저하게 당할 것이라곤.

휙-!

가볍게 손을 휘두르자 손에 묻었던 피가 모조리 쓸려나

가며 깨끗한 상태를 유지한다.

그제야 마음에 드는 듯 빙설하는 살아있는 총관에게 시
선을 돌린다.

아니, 일부러 살려두었다.

다른 자들은 하나 같이 일격에 죽이거나 했지만, 그에겐
물어볼 것이 있기에 복부를 꿰뚫어버린 채 살려둔 것이다.

당연한 이야기지만 그녀는 상처하가 입지 않았다.

옷의 이곳저곳이 살짝 베이긴 했지만 그것은 소수마공
을 제대로 활용해보기 위해 움직이다보니 난 것이었다.

원했다면 상처하나 없이 이들을 제압 할 수 있었을 것이
다.

"크…… 죽여라."

이를 악물며 말하는 총관을 향해 빙설하는 피식 웃었다.

그리곤 천천히 머리카락을 완전히 가리고 있는 두건을
풀어헤쳤고, 이어 얼굴을 가리던 복면을 끌어 내렸다.

살랑.

풍성하게 흘러내리며 흩어지는 눈부신 은발과 보는 것
만으로 빨려들어 갈 것 같은 미모.

한 번 보면 죽을 때까지 잊을 수 없는 외모에 사내는 경
악했다.

그녀의 미모 때문이 아니었다.

그녀의 정체를 알고 있기 때문이었다.

"아, 아가씨……!"

얼마 전 허독량이 정식으로 소교주의 자리에 오르기 전까지 허독량은 도련님, 빙설하는 아가씨라 불리며 혈교 무인들에게 존경받았다.

딱히 정해진 직책은 없지만 혈교주의 제자들이기 때문이다.

자신을 알아보는 그의 모습에 빙설하는 만족스러운지 빙긋 웃으며 입을 열었다.

"자…… 무엇부터 이야기해야 할까?"

편하게 말을 하는 그녀의 두 눈이 어느새 붉게 물들어가고 있었다.

섭혼술을 펼치려는 것이다.

그녀의 섭혼술은 경지가 그리 높지 않지만, 지금처럼 큰 충격을 받은 자를 조종하는 것은 어렵지 않은 일이었다.

그리고 잠시 뒤 혈영문이 불타오르기 시작했다.

막대한 힘을 바탕으로 크게 성장하던 혈영문이 사라지자 항주의 많은 이들이 궁금증을 드러냈다.

심지어 항주의 관에서도 움직여 흉수를 찾을 정도였다.

혈영문에 줄을 대었던 수많은 상인들이 새로운 줄을 대기 위해 움직이기 시작했고, 때를 맞추어 숨죽이고 있던 십대문파들이 일제히 움직였다.

혈영문이 무너진 이상 놈들이 가지고 있던 것들을 재빨리 흡수 할 수 있다면 다른 문파들을 누를 수 있을 것이기 때문이다.

그렇게 항주의 어둠이 시끄럽게 움직이고 있을 때 정작이런 사태를 만들어낸 빙설하는 거처에서 움직이지 않고 있었다.

놈에게 들은 정보와 자신이 알고 있는 것들을 취합하는 것만으로도 머릿속이 복잡했기 때문이다.

"벌써 움직일 줄이야……."

더욱 그녀의 머릿속을 복잡하게 하는 것은 바로 혈교가 본격적으로 움직이기 시작했다는 것이다.

그동안 혈교는 수많은 대계를 세워놓고 중원 무림을 큰 피해 없이 집어삼키기 위해 움직였다.

그랬던 것이 이젠 피해를 감수하고서라도 움직이려는 것이다.

당황하긴 했지만 생각지 못한 것은 아니었다.

혈교가 세웠던 계획에는 천마신교의 존재가 없었으니까.

뿐만 아니라 사황성과 백도맹이 아직까지 분열하지 않고 하나의 단체로 존재하고 있었다.

그 내부를 살펴본다면 분명 심각한 반목을 치르는 중이지만 하나 된 이름으로 있다는 것이 중요했다.

"결국 혈교의 계획은 전부 실패했다고 봐야 하겠지. 그렇기 때문에 모습을 드러내기로 생각을 바꾼 것이고. 하지만 왜 하필이면 운남이지? 혈교의 힘이라면 굳이 그럴 필요가 없을 터인데?"

그것이 의문이었다.

그녀가 알고 있는 혈교의 힘이라면 충분히 중원 어디에서든 뿌리를 내릴 수 있다.

그럼에도 불구하고 중원에서도 가장 외곽이라 할 수 있는 운남에 먼저 자리를 틀었다는 것은 쉽게 이해 할 수 없는 일이었다.

이곳 항주에 혈교 무인들이 보이지 않은 까닭도 운남을 집어 삼키기 위해 무인들이 동원되었기 때문이었다.

섭혼술에 걸린 놈은 빙설하가 필요로 하는 정보들을 많이 가지고 있었고, 충분히 정보를 내뱉은 다음 그녀의 손에 죽임을 당했다.

혈영문에 불을 지른 것도 그녀였다.

되도록 흔적을 남기지 않기 위해서였다.

자신의 존재가 혈교에 드러나지 않는 것이 여러모로 유리하다고 판단했기 때문이었다.

"아직 신교에는 시간이 필요해."

판단을 이끌어내는 결정적인 생각이었다.

겉보기엔 모든 정비가 끝난 듯 한 신교지만 그녀가 생각하기엔 아직 신교에겐 시간이 필요했다.

좀더 그들이 강해질 수 있는 시간이 말이다.

도현이야 자신으로서도 어찌 할 수 없을 정도로 막강한 존재이지만 도현 혼자의 힘으로 혈교 전체를 상대 할 순 없지 않은가.

결국 혈교를 상대하기 위해선 신교 전체가 성장해야 했다.

신교가 혈교를 향해 얼마나 깊은 원한을 가지고 있는 지는 그녀도 잘 알고 있었다.

신교의 힘은 분명 막강한 것이지만 혈교의 일원이었던 그녀는 그보다 혈교가 더욱 강하다는 것을 잘 알고 있었다.

하지만 그녀도 잘 모르는 것이 있었다.

지금 이 순간에도 신교는 빠른 속도로 성장하고 있다는 것을.

폭발하기 직전의 화산과 같이 뜨거움을 간직한 채 천마신교는 조용히 그리고 빠르게 성장하고 있었다.

그리고 그 바탕에는 도현이 있었다.

◐

슥슥―.

일필휘지로 붓을 놀려 책을 써내려가는 도현.

그의 곁에 놓인 각종 무공서적들을 바탕으로 새로운 무

공을 만들어내고 있었다.

누군가가 본다면 있을 수 없는 일이라 하겠지만, 신교의 사람들에겐 이미 익숙한 일이었다.

자신들이 익히고 있는 무공의 대부분을 교주인 도현이 직접 손을 보고 있었으니까.

도현이 손을 본 무공에 대한 효과는 즉시라고 해도 좋을 정도였다. 불필요한 부분이 줄어들고 더욱 효과적으로 변했다.

뿐만 아니라 실전에서 사용하기 어려웠던 부분까지 완벽하게 수정을 하고 있었다.

보완해야 할 점이 있다면 그것까지 생각해서 손을 본다.

숫자로 따지면 본래의 무공이 100이었다면 도현의 손을 거친 무공은 120 이상의 효과를 가지게 되는 것이다.

도현의 머릿속에 들어있는 수많은 지식들은 아낌없이 사용되었다.

이제와선 도현이 갑작스레 새로운 무공을 만들었다 하더라도 놀라는 사람이 없을 정도였다.

수준이 높지 않은 무공은 몇 시진 만에 뚝딱 새로 정립을 하곤 했으니까.

도현이 이럴 수 있는 것은 누구보다 많은 지식을 가지고 있으며, 악의에 의해 사람의 신체를 완벽하게 이해하고 있기 때문이었다.

여기에 도현 스스로가 높은 경지에 오르며 무공의 본질을 파악하기 시작했음이니…….

시간은 걸릴지언정 어려울 것이 없는 일이었다.

이런 작업들로 인해 신교 무인들의 실력이 상승한다면 그것으로 만족하며 도현은 작업에 더욱 박차를 가했다.

그렇다고 도현에게 도움이 되지 않는 것도 아니었다.

수많은 무공을 분석하고 새로이 정립하며 얻는 것이 결코 적지 않았다.

이제와 도현에게 육체적 수련은 거의 쓸모없는 것이었기에 더욱 그러했다.

"흠! 여기까지 할까?"

마지막으로 붓을 놀린 도현은 벼루에 붓을 놓았다.

그와 함께 갓 완성한 무공서를 덮는다.

만들기는 했지만 딱히 누구를 주기 위해 만든 것이 아니었기에 며칠 안으로 천마비고 혹은 천마서고로 들어가게 될 것이다.

비고는 특별한 허가를 받은 존재들만이 들어 갈 수 있지만 서고는 자신의 능력이 된다면 얼마든지 마음 것 들어 갈 수 있었다.

처음 도현이 재해석한 무공서들의 대부분은 서고로 이동을 했지만 그 가공할 위력으로 인해 지금은 장로들의 판단아래 비고와 서고로 이동을 하고 있었다.

신교의 하위 무사들이 강해지는 것은 좋은 일이었지만, 무조건 뛰어난 무공서가 꼭 도움이 되는 것은 아니다.

기본적으로 마공(魔功)이다 보니 분수 이상의 무공을 익히려다 주화입마에 걸리는 자들이 종종 나타났기 때문이다.

때문에 장로들이 나서서 움직이는 것이다.

그 과정에서 해당 무공에 어울릴 것 같은 무인이 나온다면 도현의 재가를 받아 그에게 무공서가 하사 되었다.

무조건 비고에 묵혀두는 것 또한 좋은 일은 아니기 때문이다.

이런 일들로 인하여 천마신교는 날이 다르게 발전하고 있었다.

하급무사에서부터 장로에 이르기까지 수련을 게을리 하지 않으니 자연스럽게 그런 분위기가 조성이 되는 것이다.

"항주에서 대체 뭘 하는 거지?"

붓을 놓은 도현은 반대편에 놓여 있던 서류들을 처리하는 도중 금룡상단에서 올라온 보고서를 보곤 고개를 갸웃거린다.

볼일이 있어 밖으로 나간 빙설하가 항주에 나타났다는 보고였던 것이다.

그동안 자신이 준 패를 한 번도 사용하질 않더니 갑작스레 항주에 나타나 금룡상단 항주지부에 머물고 있었다.

물론 그것을 탓하는 것이 아니다.

그저 그녀가 하려는 일이 궁금할 따름이었다.

이미 그녀에게서 혈교로 돌아갈 생각이 없다는 것을 들어 알고 있는 도현이다.

그럼에도 걱정되는 것은 그녀의 외모가 워낙 눈에 띄기도 하지만 근래 무림의 움직임이 심상치 않았기 때문이었다.

"큰 문제는 없겠지."

짧게 혀를 차며 시선을 돌리는 도현.

빙설하의 실력이라면 어지간한 무림 문파도 상대 할 수 있을 정도다.

물론 그녀도 바보가 아닌 이상 대형 문파와 척을 지는 일은 없을 터다.

'짚이는 바가 없는 것도 아니니……'

애써 그녀에 대한 상념을 지운 도현의 시선은 빠르게 자신에게 올라온 서류들에 향한다.

장로들의 손을 거쳐 자신에게 올라온 것들은 반드시 교주인 도현의 허가를 필요로 하는 것들이다.

이미 장로들이 검토를 한 만큼 적절히 승인만 내려도 괜찮겠지만 도현은 꼼꼼하게 서류들을 읽어 내려가며 부족한 점들을 살피고 살을 덧붙였다.

이제 막 일어선 세력이니 만큼 도현이 신경을 써야 할

부분은 아직도 한 가득 남아 있었다.

"이번에 만들어진 무공은 위력도 위력이지만 그 깊이가 남다릅니다. 또한 마공이지만 타인을 보호하는데 적절하니 천마검위대(天魔劍衛隊)의 기본공으로 택하는 것이 좋을 것 같습니다."

이 장로 월영마검(月影魔劍) 심태광의 말에 장로들이 고개를 끄덕이며 동의하자 도현 역시 고개를 끄덕이는 것으로 동의했다.

이름도 정해지지 않은 무공은 며칠 전 도현이 만든 것으로 머릿속에 들어 있던 미완의 무공들 몇 가지를 분석하고 합쳐서 만든 것이었다.

"무공의 이름은 어떤 것이 좋겠습니까?"

그의 물음에 도현은 잠시 고민하다 입을 열었다.

"천마검위대의 기본공이 될 것이니 위검마공(衛劍魔功)이 어떤가?"

"좋은 이름입니다. 즉시 천마검위대에 위검마공을 전달하도록 하겠습니다."

도현의 말에 이 장로는 고개를 끄덕이며 뒤로 물러섰다.

자신의 볼일은 이젠 없다는 신호였다.

그와 함께 삼 장로인 혈영신투(血影神偷) 자현이 앞으로 나섰다.

천마신교의 정보를 손에 움켜쥐고 중원 전역의 각종 소식을 듣고 있는 그이니 할 이야기가 많은 듯 보였다.

"일전 말씀드렸다시피 무림의 움직임이 심상치 않습니다. 조사를 해본 결과 사황성과 백도맹의 분열에 따른 상황이라 생각하기엔 과할 정도로 중원 전체가 움직이고 있었습니다. 누군가가 뒤에서 조작을 하지 않고선 이런 일이 벌어지기란 결코 쉬운 일이 아닙니다."

"놈들인가?"

"확실한 것은 아닙니다."

확실하진 않지만 의심은 하고 있다는 이야기였다.

혈교에 대한 이야기였다.

천마신교가 정식으로 개파한 이후 놈들의 움직임은 더욱 움츠러들었고, 지금에 이르러선 놈들의 움직임을 찾아보기 어려울 정도였다.

완벽하게 숨은 것이다.

도현도 그렇고 혈영신투도 이것이 끝이라 생각지 않았다.

활발하게 움직이던 놈들이 돌연 움직임을 멈추었다면 그것만으로도 이상한 일인 것이다.

그렇기에 현재 천마신교의 정보를 담당하고 있는 자들은 제대로 쉬지도 못하고 눈에 불을 밝히고 움직이는 중이었다.

"일단은 예의주시하고 있으니 놈들이 움직이면 곧장 눈에 띌 것이라 생각합니다. 그 외에 백도맹은 구파일방과 오대세가 간의 불화가 극에 이르러 현재는 제대로 된 회의도 열지 못하고 있다 합니다. 본교의 등장과 함께 다시 손을 잡는 듯 했지만 본교가 움직이지 않으니 다시 싸우는 것으로 보입니다."

"본교에 끼칠 영향은?"

"현재로선 없습니다. 아예 생각이 없는 것은 아닌지 당장 갈라서기 보단 백도맹이란 이름은 그대로 두고 이원화하여 백도맹을 운영하려 하는 듯 합니다."

"쓸데없는 짓이로군."

"그만큼 본교의 눈치를 살피고 있다는 것이겠지요."

혈영신투의 말에 장로들이 고개를 끄덕인다.

확실히 천마성 시절에도 강했었지만 천마신교의 이름 아래 몰려든 마인들은 이전과 비교 할 수 없을 정도로 강해져 있었다.

본인 스스로도 느낄 정도로 말이다.

힘의 포화 상태라 볼 수도 있지만 확실한 적인 혈교를 두고 있는 상황이고, 모두들 혈교에 대한 적의가 강한 상태이기에 천마신교 무인들에 대한 통제는 완벽했다.

어설프게 마도천하 등의 기치를 내세웠다면 벌써 움직이고도 남았을 터다.

어쨌거나 지금까진 계획한 대로 최고의 상태를 유지하고 있는 것이 천마신교다.

"그 이외에 자잘한 문제들이 있습니다만, 딱히 본교의 위협이 되는 사항은 없습니다. 하지만 현재 무림의 상황을 생각한다면 조만간 혈교가 수면 위로 모습을 드러내지 않을까 하는 것이 저희 의견입니다. 이는 군사와도 이야기를 나눈 사항입니다."

그 말에 도현의 시선이 군사이자 팔 장로인 사공준허에게 향하자 그가 앞으로 나섰다.

"삼 장로님께서 보내주신 정보를 바탕으로 군사부에서 검토를 해본 결과 앞선 말과 같이 조만간 혈교에서 어떤 형식으로든 움직일 것이란 판단을 내렸습니다. 그들이 무슨 계획을 세우고 있는 것인지 알 수 없으나, 지금까지 본교에 의해 꽤 많은 계획들이 폐기되었을 것입니다. 혈교 정도 되는 세력이 세운 계획이 몇 개씩이나 폐기되었다면 그에 따른 손해도 막심할 것이고, 수하들의 불만도 대단할 것이니 조만간 움직일 것이라 판단됩니다."

"흠……."

사공준허가 군사로 부임하고 나서 도현은 그에게 권한을 주어 군사부를 만들게 하고, 인원을 선발하게 했다.

천마신교란 이름 아래 모여든 자들 중에는 머리가 뛰어난 자들이 대단히 많았기에 군사부는 어렵지 않게 자리를 잡을 수 있었다.

군사부가 정상적으로 가동되기 시작하면서 도현의 일거리가 많이 줄어들었고, 천마신교 전체가 좀 더 빠르고 부드럽게 운영되었다.

이는 도현이 전체를 혼자 관리하는 것보단 군사부의 많은 인원들이 나서서 많은 것을 검토하기에 가능한 일이었다.

중원 전체에 이름을 떨치는 대형 문파로서의 위용을 점차 갖춰가고 있는 것이다.

이와는 별개로 군사가 된 사공준허는 쉬지 않고 신교 전체를 돌아다니며 신교 무인들의 성향 등에 대해 철저하게 분석했다.

무공에 대해 백지에 가까운 상태이기에 무림 문파 특히 자신이 몸담고 있는 천마신교에 대해 저 자세히 알기 위해 움직인 것이다.

그 성과는 하나 둘 보이고 있었다.

그것들이 모여 차후 혈교와의 싸움에서 군사의 힘과 능력을 크게 발휘할 수 있게 될 것이다.

잠시 후 회의가 끝난 뒤 도현은 자신의 처소로 돌아왔다.

무엇하나 부족함이 없는 처소.

도현의 취향에 따라 화려한 물품들은 없지만 있어야 할

것들은 전부 있었고, 필요한 것이 있다면 문 밖에서 대기하고 있는 시비에게 말하면 언제든 가져 다 준다.

천마성 시절에도 부족한 것 없이 지냈었지만, 지금의 생활은 그때와 비교 할 수 없는 정도다.

"시간 참 빠르군……."

자신도 모르게 그런 말이 흘러나온다.

겨우 몇 년 사이에 수많은 일이 벌어졌고, 그것들을 처리하기 위해 바쁘게 움직이다 보니 지금의 위치에 섰다.

언제나 바쁘게 움직이는 도현이지만 마음 한 구석엔 사부에 대한 그리움과 죄스러움이 가득했다.

자신이 아니었다면 사부가 그렇게 허무하게 죽진 않았을 것이 분명했으니까.

제자로서 뼈아픈 일이었다.

도현은 잊지 않았다.

놈들이 저지른 일에 대해.

그의 두 눈 안에 살기가 가득 머물다 사라진다.

지금은 숨을 죽여야 할 때다.

맹수는 사냥을 위해 몸을 낮추고 때를 기다린다.

그리고 사냥하는 순간…… 온 몸의 모든 것을 폭발적으로 사용한다.

그때를 도현은 기다리고 있었다.

화르륵-.

밤하늘을 밝게 비추며 타오르는 거대한 건물들.

코끝을 찌르는 피 냄새.

피에 익숙하지 않은 이들이라면 당장이라도 토악질을 할 정도였지만 이 자리에 서 있는 이들은 더 없이 황홀한 표정을 짓고 있었다.

피를 통해 힘을 기른 자들.

혈교 무인들이기 때문이다.

그들에게 혈향은 익숙하기도 하지만 힘의 근원이 되기 때문에 좋아하는 입장이었다.

피에 취하면 취할수록 강해지는 것이 그들이니 당연하다면 당연한 일이다.

스슥.

그때 인기척과 함께 한 사람이 모습을 드러내자 자리에 있던 모든 이들이 일제히 무릎을 꿇으며 외친다.

"소교주님을 뵙습니다!"

우르릉!

어찌나 크게 외친 것인지 불타오르던 전각 일부가 소리 때문에 무너질 정도다.

하지만 그들의 인사에 허독량은 만족스런 미소로 고개

를 끄덕인다.

"처리는?"

"완벽합니다."

허독량의 물음에 그의 뒤로 한 사내가 모습을 드러내며 대답한다.

"이로서 대리단가는 더 이상 맥을 이어 갈 수 없을 것입니다. 단가의 무공은 모조리 불태우고 그들이 쌓아놓은 보물은 모두 본교로 이전을 했습니다."

"목격자는?"

"쥐새끼 하나 살려두지 않았습니다."

그 말에 허독량은 마음에 든다는 듯 고개를 끄덕이며 무너지는 대리단가의 전각을 바라보았다.

우르르르…… 쿠웅!

화르르!

기 백년을 이어온 대리단가의 멸문이었다.

"다른 곳의 일은 어찌 되었지?"

"이미 계획대로 모든 세력을 점한 것으로 알고 있습니다. 이로서 운남은 완전히 본교의 세력권 안으로 들어왔습니다."

"좋군. 사부님께선?"

"곧 움직이신다는 것 같습니다. 그에 앞서 군사님을 비롯한 장로님들께서 먼저 이동을 하신다는 것 같습니다."

"그래? 알아서 맞을 준비를 하도록."

"명!"

스스슥!

고개를 숙이며 사라지는 수하를 뒤로 하고 한참을 더 불타오르는 대리단가를 지켜보던 허독량은 곧 발걸음을 머물고 있는 숙소로 옮겼다.

운남은 손에 넣었지만 아직 본거지인 건물이 없기에 임시로 이곳에서 가장 좋은 객잔을 점령하고 그 별원을 거처로 사용하고 있는 그였다.

'늙은이가 대체 얼마나 더 강해져야 만족하려는 것인지!'

허독량은 사부인 혈마가 이번에 움직이지 않는 것이 수련 때문이란 것을 잘 알고 있었다.

그리고 왜 그가 수련에 매달리는 것도 말이다.

"제길! 이럴 줄 알았다면 결코 넘기질 않는 것인데!"

설마하니 패마의 심장이 그렇게 쓰일 것이라곤 생각지 못했다. 만약 알았더라면 어떤 핑계를 대더라도 결코 넘기지 않았을 것이다.

물론 패마의 심장을 가지고 있다 하더라도 지금의 허독량으로선 그것을 흡수 할 수 없었다.

혈마공의 성취가 낮기 때문이다.

하지만 영원히 지금의 단계에 머물러 있을 것이 아니기에 아쉬운 것이다.

패마의 심장을 자신의 것으로 만들었다면 지금쯤 혈교는 자신의 발아래 있을 것이었으니까.

굳이 자신의 손에 들어오길 기다리는 것이 아니라, 자신의 힘으로 혈교를 손에 쥔다는 것.

허독량의 욕심이라면 욕심이겠지만 그만큼 그는 힘을 갈구하고 있었다.

'늙은이도 패마의 심장을 제대로 소화하지 못한다는 것은 그만큼 패마가 강했다는 것이겠지. 내가 그를 죽일 수 있었던 것은 그야말로 천운(天運)이었으니.'

스스로도 알고 있었다.

아무리 자신이 날고뛰어도 패마에겐 결코 상대가 될 수 없다는 것을.

그를 죽일 수 있었던 것은 그야 말로 천운이 닿았기 때문이다.

"뭐, 상관없나? 아직 먹음직스러운 먹이들은 한 참을 남아 있으니."

북쪽을 보며 웃는 그.

그의 말처럼 혈교가 본격적으로 움직이기 시작한다면 중원 무림은 피로 물들게 된다.

그 과정에서 자신의 욕심을 위해 움직이는 것쯤은 아무런 문제가 되지 않을 것이다.

설령 누군가 눈치 챈다 하더라도 무인이 더 강해지는 것

을 바라는 것은 자연스러운 일이니 어렵지 않게 넘길 수
있을 것이다.

누구보다 피의 축제를 기다리고 있는 것은 바로 그였다.

"군사가 온다고 그랬나? 그가 온다는 것은 본격적으로
움직인다고 생각해도 되겠지?"

허독량이 웃는다.

지독한 살기를 띄고.

天魔飛上

7章.

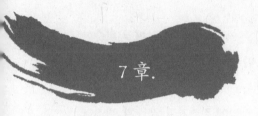

7章.

낙월은 할 일이 없었다.

이미 임무인 제갈강은 완전히 자신의 하수인으로 만든 뒤였기에 새로운 임무가 하달 될 때까지는 별 다른 일이 없었다.

백도맹에 대한 공작 자체가 완전히 중단된 것이다.

혈교로 복귀를 할만도 하지만 만약을 위해서인지 낙월에 대한 복귀 명령은 떨어지지 않았다.

지겨울 만도 하건만 낙월은 그런 혈교의 명령을 반겼다.

이곳보다 혈교가 더 지겨운데다, 꼴보기 싫은 놈들도 가득한 그곳에 군이 자신의 발로 돌아갈 필요성을 느끼지 못한 것이다.

생각해보라.

이 자리에 가만히 있는 것만으로 제갈강과 함께 술과 여자를 마음껏 탐독할 수 있었다.

게다가 백도맹이 돌아가는 꼴을 구경하고 있는 재미도 쏠쏠했다.

하지만 아무리 재미있는 일이라 하더라도 매일 비슷한 생활을 하게되면 질리기 마련이다.

낙월 역시 마찬가지였다.

그렇게 서서히 현재의 생활에 질려가고 있을 때 비첩을 받아 들었다.

눈을 빛내며 밤이 오길 기다린 그는 평상시처럼 제갈강과 함께 밖으로 나가 술을 실컷 마시곤 제갈강이 여자와 함께 쓰러지자 조용히 밖으로 나왔다.

거의 매일을 이런 식으로 보내다보니 지금에 와선 백도맹에서도 아무런 감시를 하지 않고 있었다.

덕분에 그는 쉽게 움직일 수 있었다.

술집에서 얼마 떨어지지 않은 골목 안쪽에 자리를 잡은 허름한 주점.

당장 쓰러져도 이상할 것이 없는 주막 안으로 거침없이 들어선 그는 구석에 앉았다.

손님이 왔음에도 불구하고 점소이나 주인이 모습을 보이지 않는다. 그러고 보니 아무리 허름한 주점이라 하더라도 어느 정도 수요가 있기 마련인데 손님이라곤 한 명도 보이질 않는다.

하지만 낙월은 그것이 당연하다는 듯 자리에 앉은 채 시간을 보낸다.

그러길 반 시진.

끼익.

낡은 계단이 비틀리는 소리와 함께 위에서 한 사람이 모습을 드러낸다.

육감적인 몸매를 그대로 드러내는 홍의를 입은 여인.

"큭큭, 오랜만이로군. 화영."

"……."

대답지 않는 그녀.

혈뇌의 오른팔인 암영혈화(暗影血花) 화영이 백도맹의 본거지 한복판에 모습을 드러낸 것이다.

이 사실을 백도맹의 고위층이 알았다면 경악했을 테지만, 아쉽게도 이 자리에는 두 사람을 제외한다면 누구도 없었다.

"그래, 이 먼 곳까지 온 이유가 뭐지?"

그의 물음에 그녀는 말없이 품에서 작은 서찰을 꺼내어 그가 앉아 있는 탁자 위로 던졌다.

두 사람은 혈뇌의 밑에 있는 직속 수하이지만 서로의 성격 차이로 인해 친하지 않았다.

낙월이야 화영의 몸매와 얼굴을 탐하고 있으니 크게 개의치 않지만 화영은 그의 징그러운 시선은 둘치더라도 가진 능력을 제대로 발휘하지 않는 그를 경멸했다.

수많은 혈교인들 중에서도 혈뇌의 직속수하가 되었다는 것은 그만큼의 능력이 있다는 뜻이다.

그럼에도 불구하고 유유자적 하고 싶은 것만 하고 산다는 것을 그녀로선 도저히 이해 할 수 없었다.

이번 일만 하더라도 혈뇌의 부탁이 아니었다면 결코 그녀가 움직이지 않았을 일이다.

아무리 혈교가 대담하다 하더라도 이곳은 정도맹의 영역.

정도맹의 안방에서 어렵지 않게 움직일 수 있는 사람은 한정적이었고, 그 중에서 가장 믿을 수 있는 사람이 화영이었기에 혈뇌는 그녀에게 임무를 맡긴 것이다.

"흠……."

눈앞의 서찰을 펼쳐볼 생각은 하질 않고 자신의 턱을 쓰다듬던 그가 한참 끝에 서찰을 집어 들었다.

그런 모습도 마음에 들지 않는 그녀다.

백도맹을 흔들어라. 방법은 네게 맡기겠다.

짧지만 많은 뜻을 포함하고 있는 내용에 그의 눈이 순간 빛난다.

하지만 금세 권태로운 얼굴로 서착을 화영에게 다시 던지며 말했다.

"귀찮은데."

화륵!

순식간에 타오르며 사라지는 서찰.

"내 임무는 끝났다."

스스슥.

그 말과 함께 흔적도 없이 사라지는 암영혈화.

기척조차 느껴지지 않는 그 모습에 낙월은 피식 웃으며 자리에서 일어섰다.

'드디어 움직일 모양이로군. 보자…… 작은 힘으로 제대로 흔들어 보려면 뭐가 좋을까…….'

본래 있어야 할 기루로 발걸음을 옮기던 그의 머릿속은 복잡하게 얽혀 들어가지만 곧 돌아간 기루에서 벌어지는 낯 뜨거운 현장에 빙긋 웃었다.

자신이 들어온 지도 모르고 땀을 흘려가며 움직이는 제갈강의 모습에서 좋은 생각이 떠오른 것이다.

'큰 힘 들이지 않고 제대로 흔들 수 있겠군.'

"큭큭."

방문을 닫으며 그는 제갈강을 비웃었다.

환혈마뇌고에 의해 자신의 꼭두각시가 된 제갈강을 움직일 차례였다.

검신(劍神)으로 불리는 창천신검(蒼天神劍) 남궁선에겐
네 명의 제자가 있다.

무당제자 마도웅, 모용세가의 모용후, 점창의 자명성,
제갈세가의 제갈강.

백도맹주로서 백도문파들의 불만을 잠재우기 위해 구파
일방과 오대세가 출신의 제자 네 명을 받아 들였다.

물론 중소방파의 말이 없었던 것은 아니지만, 네 제자들
모두 무림에서 손에 꼽는 기재였던 탓에 불만은 금방 사라
졌다.

또한 네 사람 중 한 사람은 백도맹의 차기 맹주가 될 것
이란 사실을 잘 알고 있었기에, 그들의 등장과 함께 각 문
파들은 어떻게든 줄을 대기 위해 노력했다.

그리고 현재 네 제자들 중 가장 많은 세력을 등에 업고
있는 것은 가장 막내인 제갈강이었다.

다른 세 사람에 비해 밀린다는 감이 없지 않아 있었지만
천마성의 멸문과 함께 화려하게 떠오르며 다른 사형들을
누르고 검신의 가장 유력한 후계로 떠올랐다.

별다른 일이 없다면 백도맹의 차기 맹주는 바로 그가 될
것이었다.

술과 여자를 좋아한다는 약점이 있기는 하지만 그를 상
회하는 실력과 결단력을 보이고 있었기에 그 정도 흠은 알
아서 다른 사람들이 덮어주었다.

아니, 그에게 줄을 대기 위해 노력하는 자들에겐 하늘에서 내려온 동아줄과 같았다.

덕분에 제갈강은 돈이 없어도 얼마든지 술을 마시고 여자를 안을 수 있었다.

"쯧쯧……."

제갈강에 대한 남궁후의 보고에 창천신검 남궁선은 혀를 찼다.

이미 많은 이들을 등에 업고 있는 상태이기 때문에 제갈강은 자신이 원하든 원하지 않던 자신의 뒤를 이어 이 자리에 앉아야 할 사람이었다.

바로 얼마 전까지만 하더라도 어느 정도 자신의 마음에 들도록 활약을 하곤 했건만 근래 들어서 보여주는 모습은 고개를 저을 수밖에 없었다.

매일 같이 술과 여자였다.

수련을 위한 시간이라곤 조금도 내질 않는다.

사부된 입장에서 나무랄 수도 있지만 현재 그의 입장에선 제자인 그를 불러들이기도 어려운 일이었다.

구파일방과 오대세가의 알력 싸움이 치열했기 때문이다.

이럴 때 자신이 녀석을 불러들이면 구파일방에서 크게 반발하고 나설 것이 분명했다.

어떻게든 백도맹에서 구파일방이 떨어져 나가는 것은 막았지만 반대로 그들은 이제 맹주의 자리를 노리고 있었다.

떨어져 나가는 것이 아닌 오대세가 스스로 백도맹을 탈회하게 만들겠다는 생각인 것이다.

오대세가로서도 불만이 없는 것은 아니다.

오대세가의 수장인 남궁세가의 사람임에도 불구하고 오대세가의 편에 확실히 서서 움직이지 않는 그에게 왜 불만이 없겠는가.

특히 근래 구파일방과의 싸움이 심화되면서 더욱 그런 기색이 역력했다.

오죽하면 남궁세가 내부에서도 불만이 터져 나오겠는가.

패마를 패퇴시키며 왼팔을 잃은 것이 치명적이었다. 아무리 노력을 한다고 한들 전력의 약화는 막을 수 없는 법인 것이다.

덕분인지 지금 그가 믿고 움직일 수 있는 사람은 남궁후밖에 없었다.

세가의 방계이지만 누구보다 뛰어난 실력과 우직함으로 자신에게 믿음을 주는 사내였다.

만약 정치적인 상황이 아니었다면 자신의 모든 것을 남궁후에게 전수했을 것이다.

"다른 아이들은?"

"제갈강을 견제하기 위해 움직이고 있습니다만, 뾰족한 방법을 찾아내진 못한 것 같습니다. 아무래도 생각지 못하던 제갈강의 부상에 긴장을 한 것 같습니다."

"제 실력만 발휘해도 될 것을…… 괜한 짓들을 하고 있군."

"어쩔 수 없는 일이지 않습니까. 각 문파들도 세 사람을 지원하기 위해 움직이고 있습니다. 그나마 제갈세가가 오대세가의 일원이기에 오대세가 측에선 어느 정도 도움을 주고 있기는 합니다만, 이대로라면 제갈강이 맹주님의 뒤를 잇는다 하더라도 백도맹이 유지되긴 어려워 보입니다."

"그렇겠지…… 백도맹은 내 대에서 끝나는 것인가……."

쓸쓸한 말투로 시선을 창밖으로 돌리는 그.

제자들 중 누가 자신의 뒤를 잇는다 하더라도 백도맹은 더 이상 본모습을 유지하지 못할 것이다.

어쩔 수 없는 일이다.

서로 손을 잡고 협력해야 할 오대세가와 구파일방이 반목하며 서로를 헐뜯고 있는 상황이니까.

백도맹이란 이름이 남는다 하더라도 그 본래의 의미는 퇴색될 것이 분명했다.

그래도 나름 오랜 역사와 전통을 자랑하는 백도맹이 자신의 손에서 끝난다는 사실에 남궁선은 큰 슬픔을 느끼고 있었다.

"천마신교의 움직임은?"

"신강을 차지한 이후 특별한 움직임을 보이지 않고 있습니다. 내실을 다지려는 것이지 않을까 합니다."

"그 아이라면 모습을 드러낸 순간 이미 어지간한 준비를 끝냈을 것이야. 움직이지 않는 것은 다른 이유가 있겠지. 어쩌면 혈교를 기다리고 있는 것일 지도 모르고."

갑작스런 그의 말에 남궁후가 맹주를 바라본다.

"천마성은 우리가 무너트렸지만 그 원인을 따져본다면 혈교가 있으니까. 그들의 입장에서 보자면 드러나 있는 우리보단 아직까지 모습을 감추고 있는 혈교가 더 신경이 쓰일 테지."

"본맹을 우습게 생각한다는 것입니까?"

남궁후의 말에 남궁선은 고개를 저었다.

"그렇다기 보단 숨어 있는 적이 더 무섭기 때문이란 것이지."

"음……."

여간해선 자신의 감정을 드러내지 않는 남궁후이지만 혈교를 생각하면 머리가 아픈 것인지 절로 얼굴을 찌푸린다.

남궁선 역시 상황은 마찬가지였다.

드러나 있지 않은 적과 싸워야 하는 마당에 자신이 이끌어야 할 백도맹은 분열해 있다.

결코 좋은 상황이 아니었다.

이대로라면 혈교가 모습을 드러내는 것과 함께 백도맹이 쓸려나가 버릴 수도 있는 일이다.

물론 최악의 상황을 가정한 것이지만 어쩌면…… 그럴 수도 있었다.

툭툭.

왼팔이 있었을 곳을 오른팔로 툭툭 치는 그.

"후…… 이 팔이라도 멀쩡했다면 어떻게 해보았겠지만."

쓰게 웃는 남궁선.

현재 그의 입장은 간단하게 설명하면 종이 호랑이였다.

호랑이의 모습을 하고 있지만 누구도 무서워하지 않는.

그것도 우리 속의 종이 호랑이였다.

명문세가(名門世家).

그것이 뜻하는 바는 여러 가지가 있지만 무림에서 명문세가라 함은 오랜 역사와 전통을 가지고 있을 뿐만 아니라 힘까지 갖추어진 곳을 말한다.

오대세가와 같은 곳 말이다.

가문의 비전이 끊이지 않고 이어져 내려올 뿐만 아니라, 끊임없이 뛰어난 인물들이 태어나 가문을 이끌어 간다.

겉보기엔 정정당당해 보이는 세가들이지만 실상은 조금 다른다.

자신들의 위치를 공고히 하기 위해 조금만 위협적으로 느껴지는 세가가 탄생한다면 어떻게 해서든 견제를 한다.

　그런 견제를 이겨내고 성장을 하여 오대세가의 위치를 건드리게 된다면 때론 다른 세가와 손을 잡고 무너트리기도 한다.

　먹고 먹히는 치열한 세계인 것이다.

　그런 세계에서 살아남기 위해 세가들이 선택한 것은 혈연 관계였다.

　유력한 가문의 후계들끼리 결혼을 시키고 대를 잇게 하는 것이다.

　이 방법은 오랜 시간 먹혀들어 지금의 오대세가를 존재하게 만들었다.

　제갈세가의 소가주이자 정도맹주의 유력한 후계인 제갈강에도 그런 정혼자가 있었다.

　그것도 태중에서부터 약속을 한.

　사천당가의 당미미가 그 대상이었다.

　제갈강의 주가가 워낙 치솟다보니 태중혼약을 한 당가에선 자신들의 선택이 옳았다며 연신 고개를 끄덕이는 중이었다.

　덕분에 지금 이 시간에도 사천당가와 제갈세가 사이의 교류는 끊이지 않고 있는 편이었다.

　제갈강의 이름이 높아지자 당미미 역시 자신의 정혼자

이기 때문에 무척이나 콧대가 높아졌다.

당가 안에서도 손에 꼽히는 미녀인 그녀는 자존심이 높기로 주변에 유명했는데, 제갈강 덕분에 그 끝을 모를 정도였다.

제갈세가의 소가주이니만큼 결혼을 하게 되면 자연스럽게 제갈세가의 안주인이 되는데다, 운이 좋다면 백도맹주의 안주인자리까지 동시에 차지 할 수 있다.

허영심이 높은 그녀에게 있어 이보다 좋은 일은 없었다.

제갈강이 술과 여자를 좋아한다는 것은 이미 그녀도 당가도 알고 있었다.

허나 모든 것을 덮었다.

그러고도 남음이 있는 상대인 탓이다.

"오랜만에 뵈어요, 가가."

"네가 어쩐 일이냐?"

갑작스런 당미미의 방문에 제갈강은 깜짝 놀랐다.

그녀와는 예전부터 교류가 있었지만 그 대부분은 당가와 멀지 않은 곳이거나 제갈세가 내부에서였다.

어지간해선 당가를 벗어나지 않는 그녀가 멀고 먼 정도맹까지 올 것이라곤 생각지도 못했다.

그녀의 얼굴은 제갈강의 취향이었고, 당가의 사람이라는 것도 마음에 들었다. 어차피 가문과 가문의 맺음이니다른 것은 크게 상관없는 이야기니까.

179

어떻게 본다면 천생연분인 두 사람이다.

현실을 직시하면서도 마음은 다른 곳에 가 있는 상황이
니.

"가가께서 바쁘신 것 같기도 하고 본 것도 오래 된 것 같
아 먼 길이지만 찾아왔답니다."

"그, 그래?"

말은 아무렇지 않은 듯 했지만 그 내용을 살피면 자신을
보기 위해 먼 길을 달려왔으니 제대로 대접해 달라는 것이
었기에 제갈강은 속으로 한 숨을 내쉬며 자리에서 일어섰
다.

"먼 길을 왔는데 식사는?"

"아직 전이랍니다."

"그럼 식사를 하면서 이야기를 할까? 좋은 곳이 있지."

제갈강의 안내에 따라 온 곳은 호수를 끼고 세워진 고급
객잔으로 층에 따라 가격이 달라지는 곳이었는데, 제갈강
은 아무렇지 않은 듯 최상층에 올랐다.

당미미 역시 그것이 당연하다는 듯 얼굴 표정하나 달라
지지 않는다.

1층에서 소면을 먹는다면 5냥이면 충분하지만 최상층인
7층에서 먹는다면 족히 은자 2냥은 내어야 했다.

가격차이 엄청난 것이다.

게다가 최상층에 올라갈 정도라면 겨우 소면을 먹겠는가?

당연히 한 끼 식사비용만 하더라도 어마어마한 양이었기에 점소이들의 대접부터 달랐다.

점소이들까지 제대로 된 교육을 통해 최고급이란 생각을 심어주게 만든 곳인 것이다.

"무엇을 준비해 드릴까요?"

창가에 두 사람이 앉자 정중히 다가와 묻는 점소이에게 익숙한 듯 그는 주방장 추천 요리를 시켰다.

비싸지만 그 값어치를 톡톡히 한다.

매일 신선한 재료만을 사용하는데다 들어오는 재료가 다르니 그때그때 요리가 다르다. 심지어 점심때와 저녁때의 요리가 다를 때도 있었다.

"이곳의 주방장 추천 요리는 꽤 평이 좋으니 기대해도 좋을 거야."

"경치가 좋은 곳이네요."

"그렇지."

고개를 끄덕인 그는 주변을 둘러본다.

점심때가 살짝 지나서인지 7층에는 자신들 이외엔 아무도 없었다.

"당가 근처를 벗어나지 않는 네가 무슨 일로 여기까지 오게 된 거야? 정말로 날 보기 위해서 이곳까지 온 것은 아닐 테고."

"호호, 가가를 보기 위해 왔다는 말이 거짓처럼 들렸던 모양이네요."

"사람이 없는 곳이니 굳이 가면을 쓸 필요는 없어."

그 한 마디에 당미미가 방긋 웃으며 입을 열었다.

"한번쯤 둘러봐야 할 곳인 것 같아서 미리 와봤어요. 이곳에 대해 어느 정도 알고 있어야 훗날 이곳의 안주인 역할을 할 때도 편할 테니까요."

"당가주님의 뜻이냐?"

"호호호."

애매한 웃음만 흘리는 그녀.

"확실히 나쁠 것은 없겠지. 하지만 아직 확실한 것은 아니다. 아직 거쳐야 할 것들이 많아."

"할아버님께서 말씀하시길 본가가 전폭적으로 지원을 하신다고 하셨어요. 이제까지 제대로 된 지원을 하지 못한 것 같다며 미안하다고 전해 달라네요."

"이제야."

피식하고 웃는 그를 보면서도 당미미는 웃는 얼굴을 거두지 않았다.

어떻게 생각하면 가문의 주인인 가주를 욕하는 것임에도 불구하고 말이다.

하지만 이는 어쩔 수 없는 일이다.

이전까지 제갈강은 당미미의 정혼자이긴 했지만 맹주의

네 제자들 중 딱히 두각을 드러내진 않았으니까.

같은 또래들 중엔 꽤 실력이 있었지만 먼저 맹주의 제자가 된 네 사람과 비교하면 아무래도 실력이 딸리는 것이 정설이었다.

물론 그것마저도 얼마 전부터 바뀌었지만.

"당가와 본가의 지원이 있다면 해볼만 하겠군. 남궁세가는 어떻게 됐지?"

"거기까진 잘 모르겠네요. 확실한 것은 모용세가와 황보세가가 손을 잡았다는 거예요. 아무래도 모용후를 밀어주려는 속셈이겠죠."

"그 정도는 예상하고 있었다. 지금도 사형들끼리 손을 잡고 날 견제하고 있으니까."

태연하게 말을 하며 웃는 그.

그러는 사이 완성된 요리들이 올라오기 시작했고, 두 사람은 더 이상 대화를 나누지 않고 먹는 것에 집중하기 시작했다.

음식은 무척 깔끔하고 맛있었기에 금방 식사를 마칠 수 있었다.

두 사람의 앞에 놓인 용정차.

"안보는 동안 꽤 예뻐졌군."

"그만큼 노력을 하니까요. 이 피부를 만들기 위해서 얼마나 많은 돈이 들어갔는지 가가는 모르실 거예요."

"벌써부터 두렵군."

"호호, 가가께서 성공하신다면 아무것도 아니지요."

"그렇긴 하지."

어깨를 으쓱이는 그.

그리곤 잠시 주변을 둘러보곤 아무도 없음을 확인한 뒤 입을 연다.

"그래서 왜 온 거지? 장난치지 말고."

"……좋지 않은 말이 들려와서 말이죠."

"좋지 않은 말?"

"남궁세가에서 저와 가가의 태중혼약을 알고 있음에도 불구하고 새로운 인연을 만들려한다는 이야기가 있어요."

"그건 또 무슨 소리지?"

들어본 적이 없는 이야기였기에 제갈강의 얼굴이 절로 찌푸려진다.

게다가 당미미와 자신과의 태중혼약 이야기는 꽤 유명하다.

그것을 알면서도 새로운 인연을 만들기 위해 움직인다는 것은 명문세가의 입장에서 결코 반가운 일이 아니었다.

남궁세가 정도 되는 곳에서 할만한 생각이 아닌 것이다.

"헛소문이겠죠. 소문 자체는 남궁과 관련된 곳에서 나온 것 같은데 실제로 그럴 것이라 생각되진 않고…… 다른 꿍꿍이가 있는 것일 거예요."

"다른 꿍꿍이라? 하긴 사부님이 물러서고 난다면 남궁으로선 백도맹과 이어진 강력한 끈이 없어지는 셈이지. 다른 세가에서 맹주가 나온다면 천하제일세가란 자리가 위험해질 지도 모르지."

의미심장하게 웃는 그.

당미미 역시 살짝 웃고선 말을 계속 이었다.

"제일 중요한 것은 그년이 이곳으로 온다는 거예요."

"……남궁선영?"

"가식적인 가면을 벗겨내기 위해서라도 이곳으로 올 수밖에 없었어요."

당당하게 말하는 당미미를 보며 제갈강은 고개를 흔든다.

정작 가면을 쓰고 있는 것은 그녀 자신이지 않은가? 그에 반해 남궁선영은 무림에서도 이름 높은 여인이다.

뛰어난 미모와 지식을 겸비한데다 착하기 그지없어 시간이 날 때마다 불쌍한 이들을 찾아다니며 봉사를 하고 있었다.

남궁세가의 자식이라고는 하나 뜻이 없다면 결코 하기어려운 일이다.

중요한 것은 당미미와 달리 착한 척이 아니라 진짜 착하다는 것이었다.

선천적으로 자신과 다른 남궁선영을 질투하고 싫어하던 당미미였기에 어렸을 적부터 부단히도 그녀를 괴롭혔었다.

결국 이번에 백도맹까지 온 목적도 그녀를 괴롭히기 위해 이곳에 온 것이다.

"적당히 하는 것이 좋아. 이곳은 보는 사람들의 눈이 많은 곳이니까."

"그러니 좋은 것이지요. 들키지만 않으면 되는 일일 테니까요."

빙긋 웃는 그녀의 모습에 제갈강은 혀를 차며 용정차를 입에 머금는다.

은은히 퍼져나가는 향과 맛.

"알아서 해."

"물론이죠."

아무렇지 않은 듯 말하고 답하는 두 사람.

그리고 며칠 뒤 남궁세가의 무인들의 호위 속에 남궁선영이 백도맹에 들어섰다.

남궁선영의 이름은 유명하지만 정작 그녀의 활동범위는 남궁세가의 영역인 안휘에만 머물렀기에 그녀의 등장에 많은 이들이 몰렸다.

그리고 그 중엔 낙월 역시 포함되어 있었다.

"크아!"

연신 비싼 금아홍을 들이키는 제갈강의 눈이 완전히 풀렸다.

붉게 달아오른 얼굴과 풀린 눈.

한두 잔 더 마시면 완전히 쓰러질 때라는 것을 알고 있는 낙월은 이때를 기다렸다는 듯 손짓으로 아양을 떨고 있던 계집들은 전부 내보냈다.

이미 마시는 족족 내공으로 주독(酒毒)을 날려버린 덕에 그는 제갈강과 함께 마셨음에도 불구하고 아무렇지 않았다.

"어라, 다들 어딜 가는 거냐!"

갑작스레 빠져나가는 기녀들의 모습에 그가 중얼거렸지만 혀가 연신 꼬이는 통에 제대로 알아들을 수 없을 정도였다.

"제갈강."

"어, 왜?"

자신을 부르는 소리에 제갈강이 고개를 들었고 그 순간 낙월의 시선과 마주쳤다.

"난 너의 주인이다."

"……주인님."

환혈마뇌고(幻血魔腦蠱).

그것을 움직이기 시작했다.

"꺄아아아악!"

깊은 밤을 울리는 날카로운 비명소리와 함께 백도맹에 들어섰던 남궁세가 무인들이 다급하게 움직이기 시작했다.

"아가씨!"

남궁선영의 호위 책임을 맡은 뇌전검 남궁대현이 다급히 그녀의 방에 들어섰을 때 그가 본 것은 무참히 죽어 있는 시녀들과 겁간을 당한 채 죽임을 당한 남궁선영의 모습이었다.

"크아아아!"

분노에 가득 찬 그의 절규가 백도맹 전체를 울린다.

남궁선영의 죽음은 남궁세가 전체의 분노를 샀다.

그녀의 죽음 소식이 전해짐과 동시 남궁세가주가 직접 정예를 이끌고 백도맹으로 달려왔고, 갑작스런 사태에 백도맹에서도 범인을 찾기 위해 전력을 다했다.

아무리 구파일방과 오대세가 간의 알력이 있다곤 하지만 이번 일은 그런 논리로 다룰 수 있는 사건이 아니었다.

백도맹의 심처에서 남궁의 사람이 살해당했을 뿐만 아니라 겁간까지 당했다.

이는 곧 다른 사람이라고 해서 안심할 수 있는 사항이
아닌 것이다.

하지만 범인은 금세 밝혀졌다.

죽은 남궁선영의 손에 꽉 쥐어져 있던 표식하나.

그것은 제갈세가의 것이었고, 그날 이후 제갈강의 모습
을 본 사람이 없었다.

이것이 무엇을 뜻하겠는가.

모든 초점이 제갈강에게 모아졌으며 제갈세가는 날벼락
을 맞은 기분이었다.

세가의 소가주가 이런 범행을 저질렀다는 것은 세가의
위신은 물론이고 세가의 존속 자체를 위협하는 것이기 때
문이었다.

때문에 제갈세가에서도 전폭적으로 조사단에 협조를 하
는 것과 동시 제갈강을 세가에서 공식적으로 파문했다.

동시 적극적으로 움직여 제갈세가주는 자신의 아들임에
도 불구하고 그를 무림공적으로 규정할 것을 촉구하여, 결
국 안건을 통과시켰다.

이 모든 것이 제갈세가가 살아남기 위한 몸부림이었다.

백도맹의 사건은 어마어마한 충격을 주었다.

백도맹 전체가 흔들린 것은 두말 할 필요도 없었다.

뿐만 아니라 제갈강을 조사하는 과정에서 드러난 엄청
난 비리들까지.

무림인들의 눈이 제갈강을 쫓았지만 그는 모습을 드러내지 않았다.

제갈강이 그렇게 신임하던 낙월 역시 그날 이후 모습을 감추었으나 워낙 제갈강 사건의 충격이 컸던지라 그에 대한 것은 사람들이 빠르게 잊기 시작했다.

마치 처음부터 없었던 것처럼.

天魔飛上 8章.

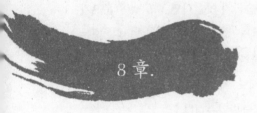

8 章.

　"제갈강 사건으로 인해 백도맹 전체가 흔들리고 있습니다. 제갈세가 뿐만 아니라 오대세가 전체에 대한 불신으로 이어지고 있을 뿐만 아니라 구파일방 역시 마찬가지입니다. 중소문파들이 그들과 거리를 두기 시작했습니다."

　"쯧…… 미꾸라지 한 마리가 개천을 더럽히다 못해 뒤흔들 꼴이로군."

　팔 장로 사공준허의 말에 오 장로 마선의(魔仙醫) 마량이 고개를 흔든다.

　백도맹 내부의 싸움은 겉으로 표시가 날 만큼 유명한 것이었지만 이번 사건은 그 모든 것을 뒤덮을 정도로 강력한 충격을 주었다.

덕분에 구파일방과 오대세가의 싸움은 멈추었지만 중소 문파들이 그들의 눈치를 보기 시작했다.

이는 백도맹이 아닌 구파일방, 오대세가 전체를 보더라도 결코 좋은 일이 아니었다.

"이번 일을 제대로 수습하지 못한다면 백도맹이 문제가 아니라 정파 전체가 무너져 내릴 가능성이 있습니다. 때문인지 백도맹에서 눈에 불을 밝히고 제갈강을 추적하고 있습니다. 심지어 저희한테도 제갈강을 추포하는데 도움을 구한다는 협조 공문이 전달되었습니다."

"급했던 모양이로군."

삼 장로 혈영신투의 말에 모두들 고개를 끄덕인다.

사황성보다 더 사이가 좋지 않은 자신들에게 그런 협조를 구할 정도라면 백도맹의 발등에 불이 떨어진 정도가 아니라 몸 전체에 불이 붙었다는 말이기 때문이다.

이후로도 이번 일과 관련하여 장로들 간에 이야기가 많이 오갔고, 도현은 자신의 자리에 앉은 채 듣고만 있었다.

"이번 제갈강의 행동과 여러 가지 상황들을 종합해보았을 때, 사건의 배후에 혈교가 있는 것이 아닌 지 의심스럽습니다."

"흠…… 아무리 그래도 혈교놈들이 맹주의 제자까지 마음대로 부릴 수 있을까?"

이 장로 월영마검의 물음에 모두들 고개를 끄덕인다.

당연한 이야기다.

그동안 혈교가 치밀한 계획 아래 움직였다고는 하지만 아무리 그래도 백도맹주의 제자인 제갈강을 마음대로 움직였을 것이라곤 쉽게 생각 할 수 없었다.

게다가 이런 큰 사건을 일으키면 자신의 목숨 또한 끝이란 것을 잘 알 것이다.

목숨이 아까워서라도 쉽게 벌일 수 있는 일이 아닌 것이다.

"그것에 대해선 내가 이야기 할 것이 있을 것 같네요."

끼익-.

말이 끝나기 무섭게 회의실의 문이 열리며 먼지투성이인 빙설하가 안으로 들어온다.

갑작스런 그녀의 등장에 모두들 놀라고 있을 때 그녀는 자연스럽게 한쪽에 비어 있는 자리에 앉으며 입을 열었다.

"갑자기 일이 터졌다고 해서 급하게 돌아오느라 꼴이 말이 아니네요. 모두들 절 아시겠지만 정식으로 다시 인사드리죠. 빙설하라고 합니다."

자리에서 일어나 장로들에게 고개를 숙인 그녀가 다시 착석한다.

그 일련의 모습에도 장로들은 말이 없었다.

당연한 일이었다.

도현에게 사정 이야기를 들었다고는 하지만 아직 완전히 믿고만 있을 수는 없는 이야기니까.

그런 분위기를 읽은 것인지 빙설하는 쓰게 웃었다.

"다들 교주님에게 이야기를 들었겠지만, 걱정 마세요. 혈교로 다시 돌아가고 싶은 마음은 조금도 없으니까요. 지금의 생활에 무척이나 만족하고 있는데 굳이 그곳으로 갈 필요가 없죠."

"흠흠."

헛기침을 하며 고개를 돌리는 장로들.

어차피 지금 상황에선 그녀를 믿을 수밖에 없다.

이미 교주의 재가가 떨어진 일을 가지고 장로들인 자신들이 왈가왈부 할 수는 없는 일이지 않은가.

"다시 본론으로 돌아가서 이번 일을 저지른 제갈강의 뒤에 혈교가 있는 것은 사실이에요. 저도 잊고 있었던 일이긴 한데, 오래전에 혈교의 계획에 따라 백도맹을 흔들기 위해 움직였던 적이 있어요."

"으음…… 그게 언제쯤 이야기인가?"

"꽤 몇 년 전의 이야기죠. 어차피 혈교에서 인원을 투입한다 하더라도 오랜 시간이 걸리는데다, 완전히 혈교의 인물이라 믿을 수 있는 것도 아니니까요. 그래서 혈교에선 한 가지 새로운 방법을 찾아내었고, 만들었어요."

"그게 무엇인가?"

196 천마비상6

이 장로의 물음에 빙설하는 즉시 대답했다.

"환혈마뇌고. 새로운 고독을 만들어 낸 거죠."

"고독이라고?!"

깜짝 놀라는 장로들.

특히 오 장로는 얼마나 놀란 것인지 자리에서 벌떡 일어날 정도였다.

"고독이 극히 다루기 어려운 것은 사실이지만, 제대로 사용 할 수만 있다면 분명 사람을 조종할 수도 있겠지. 하지만 그것만으로는 어려울 텐데?"

"그래서 막대한 자금을 들여 혈교에선 환혈마뇌고를 만든 거죠. 환혈마뇌고는 암, 수로 나뉘는데 수놈은 사람의 머리에 자리를 잡고 암놈을 가지고 있는 자의 뜻대로 움직여요. 쉽게 이야기해서 완전히 굴복을 시키는 것이죠."

"그 말은 자신의 뜻대로 움직이게 만든다는 것인가?"

"그러니 이번 사건이 벌어진 것이죠."

심각한 얼굴이 된 오 장로.

만약 그녀의 말대로라면 정말 심각한 일이었다.

그가 알기로 고독은 증상이 전혀 느껴지지 않아, 자신이 고독에 감염이 되었어도 알아낼 방법이 전혀 없었다.

천마신교의 주요 인물이 이것에 감염되었다면…… 끔찍한 사태가 벌어 질 수도 있었다.

그런 오 장로의 생각을 읽어낸 것인지 재빨리 말을 잇는 빙설하.

"제가 알기로 천마신교엔 고독이 사용된 적이 없어요. 그럴만한 여유가 되지 않기도 하죠."

"으음…… 자세한 설명을 요구해도 되겠나?"

이 장로의 말에 그녀는 고개를 끄덕이곤 계속해서 설명을 이어 나간다.

"환혈마뇌고는 혈교의 모든 기술이 투자되어 만들어졌지만 막대한 자금이 들어간 것을 생각한다면 실패작이나 마찬가지예요. 완성은 되었지만 환경의 변화에 예민하여 조금만 실수한다면 고독이 죽어버리고, 만드는 과정도 까다로워 만들어 낸 개체가 손에 꼽을 정도로 작은 것으로 알고 있어요."

"그것은 다행이지만 혈교에서 꾸준히 그것을 만들었다면 그 숫자가 결코 적지 않을 테지."

"음…… 혈교를 나온 지 오래되어 확실치는 않지만 그리 많지는 않을 거예요."

"그건 왜지?"

"환혈마뇌고 암, 수는 한 쌍으로 만들어져야 하는데…… 암, 수 어느 쪽이든 성장에 실패하면 한쪽이 큰다 하더라도 쓸모가 없어서 버려야 하죠. 결국 양쪽을 모두 키워야 한다는 것인데 그게 결코 쉬운 일은 아니죠. 여기

에 환혈마뇌고를 완성시키는데 들어가는 자금은 어마어마
한 수준인데다 재료도 구하기 어려운 것들이 많아서 그리
많이 만들진 못했을 거예요."

"후우……!"

그녀의 말이 끝나기 무섭게 안도의 한숨이 이곳저곳에
서 터져 나온다.

하지만 긴장감이 완전히 가신 것은 아니다.

그 수가 많든 적든 신교에 사용이 될 수 있다는 것만으
로도 큰 위협인 것은 틀림없는 사실이니.

"당장 위험은 되지 않겠지만 환혈마뇌고는 위험이 되는
물건이니 반드시 보이는 대로 죽여야 해요. 혈주(血珠)로
만들어진 붉은 상자에 담겨 있으니 확인하는 것은 어렵지
않을 거예요."

"혈주?"

모르는 이야기가 나오자 도현이 그제야 입을 열고 묻는
다. 모두의 시선이 빙설하에게 향한다.

"혈주는 혈교에서 만들어낸 것으로 일종의 주술이라고
보면 되요. 피로 만들어진 주술이기에 힘의 크기에 따라
막대한 생명을 앗아가기도 하는데 환혈마뇌고를 담고 있
는 상자는 피를 머금은 혈주로 쓰이기 때문에 붉은데다 기
묘한 기운이 느껴지니 이 자리에 계신 분들이라면 누구든
쉽게 발견 할 수 있어요."

공식석상이기에 설하는 도현에게 존대를 했다.

이곳은 천마신교.

신교의 하늘인 도현에게 아무리 그녀라 하더라도 공식석상에서 편하게 말을 한다는 것은 장로들의 반발을 살 것이 뻔했다.

당장 장로들만 하더라도 도현에게 고개를 숙이지 않았는가.

신교에서 머물기로 한 이상 지켜야 할 것은 지켜야 한다는 것이 그녀의 생각이었다.

기억이 돌아오기 전엔 마음대로 날뛰었긴 하지만 이젠 그럴 수도 없지 않은가.

"흠…… 우선 혈주와 환혈마뇌고에 대한 것을 알아보도록 하고, 백도맹의 협조는 받아들이는 것으로 오늘 회의는 마무리 하지."

"수고하셨습니다."

말과 함께 도현이 자리에서 일어서자 일제히 자리에서 일어나 도현에게 고개를 숙인다.

백도맹의 상황이 어떻든 그들과 부딪칠 마음이 없으니 힘도 들지 않을 협조는 받아들이는 것이 이득이었다.

여기에 혈교에 대한 새로운 정보까지 얻었으니 신교 이곳저곳이 바쁘게 움직일 것은 자명한 일이라 회의를 일찍 파한 것이다.

회의를 마친 뒤 자신의 거처로 돌아오자 기다렸다는 듯 설하가 도현의 뒤를 따라 방으로 들어온다.

"갔던 일은 잘 됐어?"

"뭐, 그럭저럭?"

알듯 말듯 한 표정으로 마무리한 그녀는 편한 자세로 도현의 맞은편에 앉으며 계속해서 입을 열었다.

"사실 밥값이나 좀 해보려고 혈교의 자금줄 중 하나를 끊으려고 갔던 것이었는데, 이런 일이 터질 것이라곤 생각지 못했어. 처리하는 과정에서 혈교가 본격적으로 움직일 것이라는 정보를 얻긴 했는데, 내 예상보다 더 빠르게 움직일 모양이야."

"좋은 일이로군."

눈을 빛내는 도현.

놈들이 밖으로 나오길 누구보다 기다리는 것이 도현이었다. 그렇기에 지금의 소식은 너무나 반가운 것이었다.

"신교의 힘이 강해진 것은 알지만 혈교를 너무 얕보지 않는 것이 좋아. 그들의 힘은 나도 잘 알지 못할 정도니까. 게다가 하나 같이 피에 미친놈들뿐이라 목을 베기 전까지는 계속해서 움직이려 할 거야."

"조심해야지. 당장은 혈교가 최대의 난적이지만 내 목표는 혈교가 아닌 그 너머에 있으니."

그 말에 그녀는 빙긋 웃었다.

아름다운 그녀의 웃음.

순간 도현은 설레였으나 금세 그런 감정을 지웠다.

기억 잃었을 때는 천진난만한 동생이었지만 기억을 찾은 지금은 자신보다 나이가 많은 누나다.

예전에도 그랬지만…… 지금은 모두를 생각할 때지 자기 개인을 생각하고 있을 때가 아니었다.

그때 가볍게 문을 두드리며 예미영이 들어온다.

"오랜만에 차 한잔 어떠세요?"

웃으며 들어오는 그녀지만 두 눈동자는 빙설하를 보고 있는 그녀.

두 여인 사이에 불꽃이 튀기는 듯 했지만 그런 것을 모르는 도현은 웃으며 그녀를 반긴다.

땅땅!

쾅쾅쾅!

여기저기서 요란스런 소리가 들려오지만 쉬지않고 움직이는 이들은 전혀 개의치 않는다.

오히려 손에 든 물건들을 운반하기 위해 빠르게 움직일 뿐이다.

무너진 대리단가위로 지어지고 있는 거대한 성.

대리단가 자체가 산과 강을 등지고 세워져 천혜의 요새 역할을 하고 있는 좋은 위치였던 덕분에 혈뇌는 지체 없이 이곳에다 새로운 혈교가 될 건물을 지을 것을 지시했다.

운남을 완벽하게 틀어 쥔 그들이기에 사람을 동원하고 건물을 세우는 것은 어렵지 않았다.

특히 무인들을 아낌없이 동원한 덕분에 건물이 올라가는 속도는 상상을 초월할 정도다.

일반인들이 며칠을 고생해야 할 것은 무인들은 내공의 힘으로 금세 해치우고 있으니 당연한 일이라면 당연한 것이다.

모든 공사의 지휘는 혈뇌의 몫이었다.

짓고 있는 건물의 설계 역시 그가 직접 한 것이다.

"대리석이 이리 풍부하니 더 좋은 건물이 나올 것 같습니다."

"흠…… 저게 저리 비싸다니 이해가지 않는군."

대리석을 보며 허독량이 말하자 혈뇌는 웃으며 답했다.

"사람이란 그런 존재입니다. 아무것도 아니지만 구하기 어렵다는 이유 하나만으로 가격이 비싸지는 것이지요. 대리단가가 운남에 자리를 잡고 있지만 막대한 자금을 자랑하는 이유 역시 저것 때문입니다. 중원에서 사용되는 대부분의 질 좋은 대리석은 이곳 운남의 것이니까요."

"보긴 좋으니 괜찮겠지. 사부님께선 아직도 연락이 없나?"

"아직 폐관에서 나오시지 않으셨습니다만, 계획대로 이곳으로 혈교인들이 이주하는 데엔 문제가 없습니다."

"얼마나 왔지?"

"전체 인원의 7할이 이주를 끝냈습니다. 당장 짓고 있는 건물들 대부분도 거주지를 우선적으로 하고 있지만 곧 제대로 된 건물들이 세워질 예정입니다. 전체 공정의 4할 정도라고 보면 될 것 같군요."

혈뇌의 말에도 허독량은 뚱한 얼굴이었다.

사실 그는 운남을 기점으로 폭발적인 힘을 바탕으로 중원으로 곧장 나갈 것이라 생각했다.

혈뇌 역시 그 계획을 위해 오는 것이라 생각했더니, 정작 그가 하고 있는 것은 성을 세우는 것이었다.

본거지를 필요로 하니 당연한 일이라 생각은 하지만 아쉬운 것은 어쩔 수 없는 일이었다.

당장 대리단가가 무너지고 자신들이 운남을 차지했다는 정보가 밖으로 나가지 않도록 많은 신경을 기울이고 있었는데, 그 모든 것이 쓸데없는 일처럼 느껴졌다.

그런 허독량의 생각을 읽기라도 한 듯 혈뇌가 빙긋 웃으며 말했다.

"시간은 저희 편입니다. 당장은 아쉽겠지만 시간이 지

나면 중원 전체가 저희 손아귀에 떨어지게 될 것입니다. 지금은 조금만 참아주시면 감사하겠습니다, 소교주님."

"나도 알아. 그보다 백도맹의 일은 어떻게 됐어?"

"낙월이 일을 훌륭하게 처리했습니다. 당장은 큰 변화가 없어 보이지만 실상 백도맹은 끝이라 생각해야 할 것입니다."

"흠…… 그래?"

"구파일방과 오대세가 간의 알력싸움은 누가 승기를 쥐었든 중소문파들은 스스로의 뜻에 따라 양쪽 중 한 곳을 따를 일이었지만, 이번 일로 인해 중소문파들이 구파일방과 오대세가를 향해 좋지 않은 시선을 보내기 시작했습니다. 제 아무리 구파일방과 오대세가가 강하다 한 들 밑을 받쳐 줄 수 있는 문파가 없다면 그뿐이지요."

"하지만 혈연 등으로 연관된 문파가 많은 것으로 아는데?"

사실이었다.

구파일방과 오대세가는 그들 자체로도 강하지만 사문과 가문을 나와 따로 문파를 세운 자들이 많아, 그들이 성장하여 사문과 가문에 주는 도움은 대단히 많았다.

당장 남궁세가를 기준으로 든다면 남궁세가 전체 전력이 10할이라 한다면 방계 문파의 힘이 4할을 차지한다.

그만큼 중소문파의 힘은 무시 할 수 없다.

"그런 것들을 감안한다 하더라도 이번엔 쉽지 않은 일이 되겠지요. 한 가문의 후계자가 상상을 초월하는 비리와 사건을 저질렀으니 오대세가 전체에 대한 기준치가 내려가 버리는 것입니다."

"무슨 말인지는 알겠는데 겨우 그걸로 백도맹이 찢어지게 될까?"

그 물음에 혈뇌는 빙긋 웃었다.

"가능합니다. 저들이 사라졌다 생각하는 제갈강의 신변을 저희가 데리고 있습니다. 제갈강을 이용한다면…… 오대세가간의 분열은 물론이고 구파일방과의 싸움도 가능한 일이지요. 이미 계획을 수립했고 그에 따라 낙월이 제갈강을 데리고 움직이는 중입니다."

"그래? 첫 번째 목표는?"

혈뇌가 아무렇지 않은 듯 대답한다.

"건천문(乾天門)입니다."

"건천문이라…… 나쁘지 않군."

건천문은 섬서에 자리를 잡은 문파로 중소문파들 중에서도 발군에 이르는 힘을 지닌 곳이다.

건천문주에겐 무남독녀 외동딸이 있는데, 섬서제일미로

불릴 정도로 그녀의 뛰어난 미모는 유명한 것이었다.

덕분에 건천문의 문지방이 닳도록 하루에도 수십 차례씩 매파가 날아들고 있는 실정이었지만, 건천문주는 딸의 뜻에 따를 것이라며 전부 거절하곤 했다.

그 바탕에 아직 딸을 시집보내고 싶지 않은 아비의 마음이 담긴 것은 당연한 일이다.

그런데 일이 터졌다.

필요한 것이 있어 밖으로 나갔다가 정체를 알 수 없는 자에게 납치가 되어 버린 것이다.

건천문 전체에 비상이 걸렸고, 얼마 지나지 않아 그들은 싸늘하게 식은 채 죽어있는 그녀를 발견 할 수 있었다.

더욱 경악케 한 것은 선명한 겁간의 흔적이었다.

뿐만 아니라 얼굴을 알아보지 못할 정도로 훼손된 시신은 건천문 전체의 분노를 사기에 충분했다.

대대적인 수색이 이루어졌고 얼마 지나지 않아 제갈강의 짓이란 사실이 드러났다.

놈을 추격하던 백도맹의 추격대의 발길이 이곳으로 향했던 것이다. 그렇지 않아도 무림공적이던 놈의 짓으로 인해 무림 전체가 들불처럼 불타올랐다.

겁간도 모자라 반항도 하지 못한 여인을 죽였다.

건천문의 항의는 제갈세가에까지 이어지며 제갈세가는 곤경에 처했다.

중소문파들 중에서도 힘 꽤나 쓰는 건천문이다.

아무리 제갈세가라 한들 쉬이 볼 수 없는 문파인 것이다.

하지만 사건은 그것만이 아니었다.

자잘한 사고들을 치고 다녔고, 그 모두가 여인과 관련된 것들이었다.

제갈강에겐 색마(色魔)란 이름과 함께 중원 전체에 자신의 이름을 알렸다.

그만큼 많은 이들이 그의 뒤를 쫓는 것은 물론이다.

끊어질 듯 끊어지지 않는 그의 흔적이 계속해서 이어지고 있었다.

"이것도 귀찮은 일이군."

낙월은 멍하니 자신의 옆에 서 있는 제갈강을 보며 혀를 찬다.

흔적을 지우고자 마음먹는다면 얼마든 지우겠지만 계획대로 하기 위해선 어느 정도 흔적이 드러나야 하기 때문에 일부러 흔적을 남기고 있었다.

아슬아슬 할 정도로 말이다.

말이 쉽지 아슬아슬 할 정도로 흔적을 남기며 추격꾼들이 따라오게 만든다는 것은 결코 쉬운 일이 아니다.

조금만 빨라도 추격꾼들이 따라 잡을 것이고 조금만 느

려도 너무 멀어지며 추격을 포기하게 된다.

그나마 이런 귀찮은 짓을 감수 할 수 있는 것은 자신의 뜻대로 움직이는 제갈강을 보는 재미가 있기 때문이었다.

"보자…… 앞으로 이틀 정도는 여유가 있나?"

추격대의 움직임과 자신이 남긴 흔적을 생각해서 여유 시간을 계산한 그는 산 중턱의 동굴로 향했다.

본래 곰이 살았던 곳인지 냄새가 심했지만 하루 정도 머물고 가기에는 부족함이 없을 듯 했다.

"자, 이제 제 정신으로 좀 돌려볼까?"

품에서 상자를 꺼낸 뒤 환혈마뇌고를 조종하자 정신이 없어 보이던 제갈강의 두 눈이 점차 본래의 모습을 찾아가기 시작한다.

"너, 너!"

정신이 돌아옴과 동시 낙월을 향해 분노를 표하는 제갈강.

허나, 돌아온 것은 정신뿐이고 몸의 통제권은 여전히 그가 가지고 있는 상황이라 당장이라도 달려들 듯한 표정과 달리 그는 조금도 움직이지 못했다.

그런 자신의 처지를 금방 깨달은 것인지 제갈강의 얼굴 표정이 굳어진다.

이미 여러 차례 이런 일이 있었기 때문인지 금방 포기한다.

"킄킄, 재미있지? 어때, 네가 바라던 데로 무림에 네 이름을 크게 알렸는데 말이야?"

으득!

낙월의 조롱에 이를 악무를 제갈강.

말은 할 수 있지만 혀를 깨물 수는 없다.

아무리 망나니 생활을 했다곤 하지만 제갈강은 제갈세가의 후계였다. 가문에 더 이상 먹칠을 하느니 할 수만 있다면 혀를 깨물고 벌써 죽었을 것이다.

"대체 원하는 게 뭐냐. 날 괴롭히려는 것이라면 충분하지 않나?"

"음? 설마하니 이제까지 한 짓이 단순히 너 하나를 괴롭히기 위해 벌인 일이라곤 생각지 않겠지?"

"……."

"아주 멍청이는 아니군 그래. 재미있는 사실을 이야기 해줄까? 네가 맹주의 신임을 얻고, 수많은 이들에게 접대를 받은 것 그 모든 것이 본교의 계획이라면 믿겠나? 애초에 넌 이런 방식으로 쓰일 생각이었단 거다."

웃으며 이야기하는 놈을 보며 다시 한번 이를 가는 제갈강.

놈의 꼭두각시처럼 움직이며 자신이 저지른 일에 대해선 전부 기억을 하고 있는 그다.

낙월은 잔인하게도 일을 저지르는 와중에도 모든 것을

지켜보도록 만들었다. 자신의 뜻대로 움직이지 않는 육체를 두고 제갈강은 연신 비명을 내질렀지만, 환혈마뇌고를 벗어 날 순 없었다.

괴로워하는 그를 보며 낙월은 웃었다.

이런 재미조차 없었다면 벌써 임무를 다른 자에게 넘기거나 포기하고 돌아가 버렸을 터다.

"자…… 내일은 또 어디서 놀아볼까? 큭큭큭."

웃는 낙월을 보며 제갈강은 눈을 감았다.

잡히지 않는 제갈강의 행적으로 인해 가장 큰 피해를 입은 곳은 제갈세가였다.

아무리 제갈세가주의 이름으로 제갈강을 가문에서 내쳤다고는 하나, 흉수가 잡히지 않자 피해자들이 제갈세가를 향해 항의를 하는 것은 당연한 일이었다.

제갈세가 역시 그 심정을 모르는 것이 아니기에 담담히 받아들이면서도 하루라도 빨리 제갈강을 붙잡기 위해 백방으로 노력을 하고 있었다.

하지만 그럴 때마다 교묘하게 상황을 빠져나가는 제갈강 때문에 곤혹스럽지 않을 수 없었다.

심지어 일각에선 신출귀몰한 행적을 보이며 잡히지 않는 제갈강을 제갈세가에서 도와주고 있다는 이야기까지 나오는 실정이었다.

제갈세가로선 미치고 팔짝 뛸 일이지만 흉수가 잡히질 않으니 어쩔 수 없이 받아들여야 했다.

시간이 지날수록 피해는 커져만 갔다.

남궁세가, 건천문, 태을산장, 무령곡…… 이름만 들어도 알만한 문파의 여식들이 처참하게 살해당했으며 시간이 갈수록 제갈세가에 대한 압박 수위는 높아져만 갔다.

덕분에 제갈세가에 줄을 대고 있던 수많은 상인과 문파들이 등을 돌렸지만 제갈세가는 아무런 말을 할 수 없었다.

그저 하루라도 빨리 놈이 잡히길 바라는 수밖에.

그때.

사고가 터졌다.

화산 장문인의 딸이 당한 것이다.

이는 더 이상 막을 수 없을 정도의 분노를 불러왔고, 결국 피해를 입은 문파들이 일제히 제갈세가를 향해 움직였다.

오대세가의 일원이라고는 하나 무력보다는 타고난 지력으로 부족한 무력을 대신했던 그들이었기에, 화산과 남궁을 필두로 한 그들의 파상공세에 일주야를 버티지 못하고 무너져 내려야 했다.

제갈세가의 몰락이었다.

天魔飞土

9章.

9 章.

　중원 무림의 시선이 제갈세가에 집중되어 있을 무렵 운남에선 많은 것이 바뀌고 있었다.

　대리단가가 무너지고 그 자리를 혈교가 완벽하게 이어받았다.

　그들이 운영하던 상단, 상권 그 모든 것을.

　뿐만 아니라 새로운 혈교의 성이 빠른 속도로 세워지고 있었다. 경이적인 속도로 건설 현장에 투입되었던 이들 조차 놀랄 정도였다.

　놀라운 것은 이렇게 활발하게 움직이고 있는데도 불구하고 중원에는 조금도 이 소식이 알려지지 않았다는 것이다.

이를 위해 혈교는 수많은 자금을 뿌렸음은 물론이고, 필요하다면 적절한 무력까지 동원했다.

운남으로 이전을 해온 혈교인들의 숫자는 이미 9할을 부쩍 넘어서고 있었다.

이전 본거지에 남아있는 것은 이제 혈교주인 혈마와 그를 호위하기 위한 인원만이 남았을 뿐이다.

완벽하게 이젠 운남으로 혈교가 이전을 완료한 것이다.

"이제 남은 것은 저 자리의 주인이신 교주님께서 이곳으로 오시는 것뿐입니다. 그분께서 오신다면 본격적으로 중원으로 움직일 수 있을 것입니다."

완성된 대전.

붉은 빛이 인상적인 크고 화려한 대전에는 혈교의 장로들을 비롯한 주요 인사들이 자리하고 있었는데, 가장 상석에 자리한 화려한 태사의의 주인은 비워져 있는 상태였다.

군사인 혈뇌는 이어서 앞으로의 계획에 대해 다시 한 번 점검하는 차원에서 이야기를 풀어내었고, 자리에 앉은 이들은 고개를 끄덕이며 의견을 나누었다.

계획이라는 것은 아무리 상세히 세운다 하더라도 조금씩 틀어지기 나름이었고, 그것을 적절히 잡아주는 것이 혈뇌의 역할이었다.

그렇게 한참 이야기가 오가던 도중 제갈강에 대한 이야

기가 흘러나왔다.

"낙월이 일을 무척 잘 하고 있는 모양입니다. 제갈강 한 사람을 이용하여 백도맹을 완벽하게 흔들어 놓았습니다. 구파일방과 오대세가가 분열함으로서 얻을 수 있는 것보다 훨씬 더 효과가 뛰어납니다."

"그렇습니다. 매일 놀고먹는 것만 좋아하는 것 같더니 아주 일을 잘 처리해 주었습니다."

여기저기서 쏟아지는 칭찬들.

당연한 이야기였다.

낙월은 혼자의 몸으로 완벽하게 백도맹을 찢어놓고 있는 당사자인데다가, 덕분에 혈교는 어렵지 않게 이곳 운남에 자리를 틀수 있었다.

처음 계획에 따르면 최대한 막아는 보되, 사람들의 이목을 완전히 차단 할 순 없을 것이라 생각했다.

하지만 낙월이 잘 움직여 줌으로 인해 중원 무림으로부터 완벽하게 몸을 숨기는데 성공한 것이다.

"기껏 중원 진출을 결정했는데 너무 소극적인 움직임이라 불만을 가지는 자들이 많습니다."

"맞습니다. 오랜 시간 참은 만큼 가진 힘을 써보고 싶어 안달이 난 녀석들이 한 둘이 아닙니다. 아니, 솔직히 말해서 저 자신도 당장 중원 무림 놈들의 목을 베고 싶은 마음이 큽니다."

그것을 시작해서 이곳저곳에서 불만이 섞인 투정이 흘러나온다.

당연한 일이었다.

혈교주까지 나서서 모두를 뜨겁게 달아오르게 했었건만 정작 하는 일이라곤 성을 만드는 것이 전부였지 않은가.

그마나 대리단가를 해치울 때 동원되었던 이들은 나은 편이었지만 그렇지도 못한 자들의 불만은 대단한 것이었다.

더욱이 피를 볼수록 강해지는 그들의 특성상 더 높은 경지를 이루기 위해 하루라도 빨리 많은 피를 접할 수 있는 싸움이 벌어지길 학수고대하고 있었다.

그동안은 아무래도 피의 공급이 원활하지 못했던 탓이다.

혈뇌의 명령이 아니었다면 벌써 운남 전체를 피로 물들였을 것이 혈교 무인들이었다.

"저라고 해서 왜 많은 사람들의 마음을 모르겠습니까. 하지만 일이라는 것은 차례가 있는 법입니다. 지금 세워진 새로운 성은 반드시 필요로 하는 것이었고, 이젠 성을 만드는 일이 끝났습니다."

"그 말은……?"

"교주님께서 명을 내리셨습니다."

말이 떨어지기 무섭게 눈을 빛내는 사람들.

대전을 가득 채우는 날카로운 기운들.

"교주님의 폐관이 길어질 것 같으니 계획된 일을 실행

하란 명령이었습니다."

"쉽게 말해보시오."

누군가의 말에 혈뇌는 고개를 끄덕였다.

"중원으로 움직이라는 것이지요."

대전이 달아오른다.

"교주님의 재가를 얻어 현재 본교의 편제를 변경하도록
하겠습니다. 금, 은, 동령주로 이어지던 체계는 이 시간 이
후로 사라집니다."

"그 말은……?"

누군가의 물음에 혈뇌는 곧장 답했다.

"과거의 체계로 돌아갑니다. 더 이상의 대계는 존재치
않으니 굳이 점조직 체계를 이어 갈 필요가 없다는 것이
교주님과 저의 생각입니다."

"오오……!"

놀라면서도 눈을 빛내는 사람들.

당연한 이야기였다.

본래 혈교에는 다른 무림문파들과 비슷한 체계가 구축
되어 있었지만 대계가 세워지며 모든 것을 새로 뜯어고쳤
던 전력이 있었던 것이다.

대계를 위해서라지만 어딘지 모르게 허전함을 느끼고
있던 혈교 무인들이었다.

다시 과거의 체계를 찾는 것도 중요하지만 그보다 더 중요한 것은 이것이 중원 무림을 정벌하는 첫 단추가 될 것이란 사실이었다.

"여기에 대해선 이미 체계를 잡아 놓은 것으로 알고 있습니다. 그에 따라 하위에서부터 독사혈웅대(毒死血雄隊), 암혈수라대(暗血修羅隊), 혈운귀영대(血雲鬼影隊), 혈우파천대(血雨破天隊), 혈영대(血影隊)의 다섯 개 무력부대로 재편합니다."

잠시 말을 멈추고 쉰 혈뇌는 태사의 밑에 앉아있는 소교주 허독랑을 향해 말했다.

"무력부대가 재편되는 대로 소교주님께선 암혈수라대와 독사혈웅대를 이끌고 광서, 광동을 맡아주시면 감사하겠습니다. 교주님께서 선두엔 소교주님을 내세우란 지시가 있었습니다."

"그러지."

혈뇌의 말에 허독랑은 당연하다는 듯 고개를 끄덕이며 받아들였다.

굳이 혈마의 명령이 아니었더라도 혈교가 드디어 무림에 발을 딛는 영광스런 자리다. 억지를 써서라도 자신이 이끌었을 것이다.

"당장은 광동, 광서를 손에 넣을 뿐이지만 교주님께서 복귀하시는 것에 맞추어 곧장 귀주와 사천을 칠 예정입니

천마
비상6
220

다. 광동, 광서, 귀주, 사천 그리고 지금 저희가 있는 운남까지 손에 넣는다면 중원의 서남쪽은 완벽하게 저희 손아귀에 떨어지게 되는 겁니다."

"그것이 끝이 아니겠지?"

"물론입니다. 그것은 시작에 불과할 따름이지요. 중원 무림이 정신을 차릴 수 없도록 만들 생각입니다. 그들이 위기감을 느꼈을 때는 더 이상 어찌 할 방법이 없도록 말입니다."

말과 함께 웃는 혈뇌의 얼굴이 자신만만하다.

당연한 일이다.

괜히 혈뇌(血腦)란 이름으로 불리는 것이 아니다. 자신의 이름이 왜 혈뇌인지 이번 기회에 제대로 보여줄 심산인 그였다.

"자…… 그럼 시작해 보도록 하지요."

그의 말과 함께 혈교 전체가 분주해지기 시작했다.

*

"그러니까 거기선 위가 아니라 옆으로 움직여야해. 이 초식은 환검(幻劍)에 기반을 두고 있기 때문에 사람의 눈을 홀려야 한단 말이야."

"음…… 어렵네."

소진의 설명에도 비연은 얼굴을 찌푸린다.

"어렵게 생각할 필요 없어. 모든 초식은 검각의 기본공에 그 뿌리를 두고 있는 것이라서 조금만 생각을 해보면 쉽게 이해 할 수 있을 거야."

"말이야 쉽지……."

그녀의 투정에 소진은 어색하게 웃었다.

아무리 검각 기본공에 기반을 둔 무공이라 하더라도 해석하는 사람의 생각과 뜻에 따라 무공의 위력은 천차만별 바뀐다.

그것을 알면서도 이렇게 설명할 수밖에 없음이 답답하지만 어쩔 수 없는 일이었다.

자신이 하기로 한 일이었으니까.

"그보다 이곳에서 발목을 붙들렸는데 괜찮을까요?"

"어쩔 수 없는 일이니까."

쓰게 웃는 소진.

지금 두 사람이 있는 곳은 무한이었다.

색마 제갈강으로 인해 일어난 소동은 결국 두 사람의 발까지 자리에 묶여버린 것이다.

제갈강을 잡기 위해 사방 곳곳에 철통같은 경계가 이루어지고 있는데, 경계를 무시하고 움직일 수도 있는 두 사람이지만 그리 되면 자연스럽게 자신들의 행적이 드러나게 된다.

목적지가 목적지이니 만큼 행적을 남겨선 안 되는 것이다.

몰래 움직일 수도 있는 일이지만 소진은 기왕 이렇게 된 것 아예 자리를 잡고 비연을 가르치기로 마음먹은 것이다.

어차피 자신이 찾아가려던 도현은 천마신교에서 움직이지 않고 있음이니 시간이 조금 걸린다 하더라도 관계없을 터다.

"정말 검각을 나갈 생각이야?"

"응. 잠시간은 타격을 입겠지만 네가 있으니까. 내가 없었다면 네가 검후의 자리에 올랐을 거야."

"그건 모르는 일이지."

소진의 말에 비연은 쓰게 웃으며 고개를 저었다.

분명 소진이 검각에 입문하기 전엔 비연이 검각의 기대를 한 몸에 받고 있었다.

뛰어난 재능을 바탕으로 또래들 중 가장 두각을 드러내기도 했었지만, 소진의 등장과 함께 그 모든 것이 허무하게 변해버렸다.

'하늘 위에 하늘이 있다는 거겠지.'

어렸을 때 소진을 보곤 얼마나 충격을 먹었는지 그녀는 모를 것이다.

스스로 천재라 생각했었건만 자신보다 더 뛰어난 천재가 있다는 사실은 처음엔 받아들이기 어려웠지만, 시간이 지나며 자연스럽게 비연은 소진을 받아들이고 인정했다.

아무리 노력해도 자신으로선 그녀를 따라 갈 수 없었기 때문이다.

게다가 소진이란 사람에게 흠뻑 빠져들기도 했었고.

"에효…… 내가 어쩌다가 너랑 얽히게 된 건지 모르겠다."

"어쩔 수 없잖아. 그러려니 해."

"말 한 번 편하게 한다!"

쿡쿡쿡!

말과 함께 손가락을 세워 소진의 옆구리를 찌르는 그녀.

비연의 장난에 소진은 웃었고, 곧 두 사람은 서로를 보며 크게 웃었다.

"너도 알고 있겠지만 검각을 그만두는 일은 결코 쉽지 않을 거야. 특히 검각의 모든 것이라 할 수 있는 검후로서의 모든 것을 배우고 익힌 너이니 더더욱."

"각오하고 있어. 그리고…… 검각에서 배우고 익힌 것이니 전부 검각으로 돌아가는 것이 맞겠지. 너도 알고 있겠지만 난 처음부터 무공에 큰 관심을 두진 않았잖아. 솔직히 말해서 지금도 무공에 대해선 그리 관심이 없어."

"하긴……."

고개를 끄덕이며 긍정하는 비연.

어릴 적부터 소진은 검각의 무인임에도 불구하고 무공에 대해 큰 관심을 두지 않았다.

아니, 관심을 두지 않는 다기 보단 욕심을 부리지 않았다.

그저 자신에게 관심을 주는 많은 이들에게 보답을 하기 위해 필사적으로 무공을 익혔을 뿐이다.

특히 검후가 탄생하지 않음으로 검각이 외부 활동을 일체 할 수 없다는 환경이 아니었다면 소진은 어느 정도 수준에서 더 이상 무공을 익히지 않았을 지도 모른다.

오직 밖으로 나가기 위해, 많은 이들의 기대에 부흥하기 위해 필사적으로 무공을 익혔을 뿐이다.

그것을 잘 알고 있는 비연으로선 그녀의 말에 고개를 끄덕이지 않을 수 없었던 것이다.

하긴 그렇지 않았다면 검후의 심득이라 할 수 있는 것들을 자신에게 가르쳐 주고 있지 않을 터다.

"하긴 넌 예전부터 한 우물만 파고 있었으니까."

"응?"

무슨 소리냐는 듯 고개를 갸웃거리는 모습에 비연은 웃었다.

"도현님만 예전부터 보고 있었잖아."

"꺄악!"

부끄러운 것인지 비연에게 달려드는 소진.

그 모습에 비연은 다시 한 번 웃었다.

조금이라도 더 이 시간이 이어지길 바라며.

하지만 그 시간은 그리 길지 않았다.

"제갈강의 흔적이 이곳으로 향하고 있다는 모양이야."

"이곳으로?"

비연의 말에 소진이 얼굴을 찌푸린다.

얼마 전부터 무한 전체가 들썩이는 가 싶더니 결국 사단이 벌어지는 모양이었다.

얼마 되지 않는 무림 경험이지만 이런 시기엔 꼭 좋지 않은 일에 휘말리곤 했기 때문에 길게 생각 할 것도 없이 두 사람은 짐을 챙겼다.

무한에서 수로를 이용해 움직인다면 큰 방해 없이 빠르게 움직일 수 있을 것이다.

제갈강이 이곳으로 향한다는 소식에 경계가 삼엄해지긴 했지만 의외로 여인들에 대해선 관대한 편이었던 지라 두 사람이 배를 타는 것은 그리 어렵지 않았다.

"이게 제법 도움이 되는데?"

"그러게."

움직이는 배의 선상에 앉아 멀어지는 도시를 보는 두 사람.

그런데 얼굴이 본래의 모습과 다르다.

정교하게 만들어진 인피면구(人皮面具)를 쓴 까닭이다. 거금을 들여 급히 구한 것이다.

"진작 이런 것이 있는 줄 알았다면 사용 할 것을 그랬어."

"지금은 소란스러워서 그렇지 평상시였다면 이걸 사용하고 있다는 것을 눈치 챘을 거야. 당장 수백에 이르는 무림인들이 오가는데 일일이 검사하고 있을 수는 없는 일이잖아."

"하긴 그것도 그렇지."

비연의 말에 고개를 끄덕이며 주변을 둘러보는 소진.

그리 큰 배가 아니었던 탓에 사람들이 이곳저곳에 편하게 앉아 있었다.

선실이 있기는 하지만 꽤나 비쌌던 탓에 밖에서 휴식을 취하거나 잠을 자는 사람도 제법 많았다.

보통 하루 단위로 배가 도시나 마을에 들리는 편이니 주머니가 가벼운 자들은 굳이 선실을 이용할 필요를 느끼지 못했기도 했고 말이다.

워낙 급히 도시를 떠나려다 보니 두 사람으로선 선택지가 많지 않아 벌어진 일이었다.

"하다못해 선실이 비어있었다면 좋을 뻔 했어. 잘 만들어지긴 했는데 좀 답답하네, 이거."

"어쩔 수 없어. 다음 도시에서 배를 갈아타면 되니까 하루만 참아."

고개를 끄덕인 소진은 배 난간에 기대어 눈을 감았다.

날씨도 맑고 바람도 잘 부니, 배는 빠른 속도로 강을 거
슬러 올라간다.

오늘도 자신의 집무실에서 서류들을 처리하고 있던 도
현은 한 장의 서류에서 바쁘게 움직이던 손을 멈춘다.

"이곳으로 오고 있는 것 같다고?"

작게 웃는 도현.

서류에는 검각의 검후가 본교를 향해 움직이고 있다는
정확이 포착되었다는 이야기가 기재되어 있었다.

이미 소진과 도현 사이의 일은 장로들에게도 잘 알려져
있었다. 그렇다보니 소식을 접한 삼 장로가 나름 신경을
써준다고 이런 식으로 서류를 올린 모양이었다.

검후 정도 되는 여인의 행동이니 만큼 보고가 올라가는
것이 이상하지도 않았고, 누가 본다 하더라도 그 속을 모
른다면 쉽게 지나칠 수도 있는 그런 서류였다.

"이게 여기까지 올라왔다는 것은 중간에 서류를 끼워
넣은 모양이로군."

확실할 것이다.

아무리 속 내용을 모르면 평범한 서류라 하더라도, 도현
과 관련된 일이니 만큼 삼 장로가 허술하게 일 처리를 했

을 리 없었다.

"보자…… 어떻게 하는 것이 좋을까?"

신교로 오는 것 같다고 했지만 보고가 올라올 정도라면 십중팔구는 확실한 것일 테다.

꽤 오랜 시간 소진을 보지 못했던 것도 사실이기에 고민하던 도현은 밖을 향해 소리쳤다.

"설하를 불러라."

"예!"

그의 말에 문 밖에서 대답을 하곤 인기척 하나가 사라진다.

잠시 뒤 빙설하가 문을 열고 안으로 들어왔다.

"무슨 일이야?"

자연스럽게 자리에 앉으며 묻는 그녀.

손에 들린 당과가 아주 먹음직스럽다.

"……또?"

"뭐 어때. 맛있는 것을."

당당한 그녀의 대답에 도현은 고개를 내젓는다.

기억이 없을 때도 당과를 좋아하더니 기억이 돌아온 지금도 별 다를 것이 없었다.

"그래서 무슨 일이야? 이 누님이 보고 싶어졌을 리는 없고?"

말과 함께 배시시 웃는 그녀.

"그럴 리가."

단호한 도현의 한 마디에 인상을 쓰며 당과 하나를 입에 집어넣는다.

불만인 표정으로 말도 없이 도현을 바라보지만 도현은 익숙하다는 듯 그녀의 맞은편에 앉으며 자신이 보고 있던 서류를 건넨다.

"응? 소진이 오는 거야?"

서류를 보곤 놀라는 그녀.

소진이 이곳으로 오는 것 자체는 이해할만하지만 문제는 그녀의 신분이었다.

검각은 정파의 문파였고 그런 검각에서도 검후의 위치는 엄청난 것이었다. 그런 그녀가 천마신교로 온다?

쉬운 일이 아니다.

"어떻게 할 거야? 무림의 관계를 생각하면 아무리 네가 이곳의 주인이라 하더라도 이야기가 나오는 것을 막을 수 없을 걸?"

"알아. 하지만…… 난 그런 거 신경 안 써. 내가 바로 천마(天魔)라고."

당당한 도현의 말에 멍하니 그의 얼굴을 보던 빙설하는 결국 웃으며 고개를 흔들었다.

찰랑이는 은발.

"그래서 어떻게 하려고?"

"마중 나가야지. 어때?"

도현의 물음에 그녀는 당연히 고개를 끄덕였다.

"확실히 나도 소진을 보고 싶기도 하고, 내가 기억을 찾았다고 하면 어떤 얼굴을 할 지 궁금하기도 해. 그 전에 사과를 하는 것이 먼저겠지만."

"소진의 성격이라면 벌써 잊었을 걸?"

그 말에 그녀는 웃었다.

그리고 다음 날 두 사람이 천마신교를 나섰다.

"저도 같이 가요!"

아니, 다급히 따라 나온 예미영까지 세 사람이었다.

"쳇!"

◐

거의 매일 웃고 있던 낙월의 얼굴이 형편없이 구겨진다. 나름 계산을 하면서 움직인다고 생각했는데, 생각보다 빨리 꼬리를 잡힌 탓이다.

"쯧……."

혀를 차는 그.

북쪽에서 진탕 놀았으니 이젠 남쪽으로 내려가 볼까 하고 편한 길을 찾기 위해 배를 탄 것이 실수였다.

배라는 것이 딱 예상에 맞추어 도착하는 일도 많지만 반대로 바람이라든지 여러 가지 상황 때문에 도착하는 것이 미뤄지는 것도 제법 많다.

재수 없게도 낙월과 제갈강이 탄 배가 그러했다.

평소라면 작은 성의 표시에 길을 내주었을 수적들이 끈질기게 들러붙는 통에 시간을 지체했고, 들린 도시에선 승객과 선원의 마찰 때문에 움직이는 것이 늦어졌다.

설상가상 배에 문제까지 생기며 무려 3일의 시간을 배 위에서 보내야만 했다.

'좋지 않아. 이틀의 시간 여유를 두었었는데 벌써 3일…… 그렇다면 이미 목적지가 들통 났다고 보는 것이 낫겠지. 배를 타는 것이 아니었어.'

얼굴을 찌푸리며 선실의 창으로 밖을 내다보는 낙월.

그 모습이 재미있는 것인지 눈을 연신 굴리는 제갈강.

침대에 누운 채 움직이지도, 말도 할 수 없는 그였지만 두 눈만큼 자유로웠기에 가능한 일이었다.

묘하게 짜증을 불러일으키는 모습이지만 그를 보고 있지 않은 낙월로선 알 수 없는 일이었다.

그러고 보니 제갈강의 얼굴이 아니었다.

정교하게 만들어진 인피면구와 환혈마뇌고를 이용한 강제 축골공 등으로 인해 완전히 다른 사람이 되어 있었다.

인피면구는 크게 두 가지 종류로 나눌 수 있다.

하나는 돼지의 껍질을 정교하게 가공하여 만드는 것이

고, 또 하나는 진짜 사람의 피부를 이용하는 것이다.

전자의 경우 아무리 정교하게 만들어도 어느 정도 표시가 난다는 것이 단점이지만 구하고자 한다면 어렵지 않게 구할 수 있었다.

문제는 후자였다.

진짜 사람의 피부를 사용하기 위해 죽은 자들의 엉덩이 살이나 혹은 진짜 얼굴을 그대로 벗겨 내기도 하는데, 무림에선 공히 금지되어 있는 일이었다.

음지로 이런 일이 간혹 벌어진다곤 하지만 그렇게 만들어진 인피면구는 구하기 어려웠다.

걸리는 즉시 무림공적으로 선포되어 죽임을 당할 것이니 만드는 이들도 적고, 설령 만든다 한 들 밖으로 내돌릴 만한 물건이 아닌 것이다.

지금 제갈강이 쓰고 있는 인피면구는 진짜 사람의 피부로 만들어진 것이다.

그것도 사람의 얼굴을 그대로 벗겨낸.

정교하게 만들기 위해 얼굴뿐만 아니라 목에 이르는 피부를 전부 벗겨내어 정교하게 만들어낸 것이었다.

혈교에선 하루에도 수십, 수백에 이르는 사람이 무공 수련을 위해 죽어간다.

인피면구를 만들기 위한 재료가 넘치는 셈이다.

"어떻게 할까……."

자신의 턱을 톡톡 두드리며 고민하던 낙월의 눈이 순간
빛을 발한다.

멀리서 다가서고 있는 배를 발견한 것이다.

휘날리는 수적의 깃발.

"백경채라…… 좋군."

"이번에 보호비를 올려 받기로 한 것 잊지 말고 제대로
챙겨라! 우리가 못 받으면 밑에 있는 놈들도 제대로 못 챙
긴다."

"에이, 부채주님 뒤 놈들이 못 챙기는 거야 우리랑 상관
없지 않습니까?"

"짜샤! 다 같이 올려 받기로 해놓고 제대로 안하면 채주
회의에서 우리 채주님이 얼마나 욕을 먹겠냐! 그리고 그
욕은 대대손손 물려 내려가겠지! 그걸 버텨낼 자신 있으면
대충 하던지!"

정색하며 말하는 부채주의 말에 배에 올라있던 백경채
의 수적들이 몸을 부르르 떤다.

그리곤 전투적인 기세를 뿜어낸다.

어떻게든 정해진 보호비를 받아내고야 말겠다는 의지가
가득하다.

"클클클!"

그런 수하들을 보며 웃는 수귀검(水鬼劍).

백경채의 부채주인 그의 이름은 무림에서도 꽤 알려진 편에 속했다. 그 별호와 같이 물에서라면 상대가 누구든 쉽게 지지 않을 실력을 지닌 것이 바로 그다.

"줄을 대라!"

배가 가까워지자 그가 명령을 내렸고 백경채의 수적들이 일사분란하게 움직이기 시작했다.

백경채의 배와 연결이 되자 곧장 선장이 밖으로 나와 미리 정해진 금액을 상납했다. 이미 위에서 보호비가 올랐음을 눈치 챘던 그이기에 부족하지 않을 만큼 건네었고, 그것을 받은 백경채 수적들 또한 큰 행패 없이 물러날 뜻을 비쳤다.

어차피 그들은 공생을 하는 관계였다.

이곳을 운행하는 여객선들은 보호비를 명목으로 배 삯을 올려 이득을 취할 수 있었고, 수적들은 적절한 보호비를 받으며 그들이 움직이는데 불편함이 없도록 만들었다.

나라의 수군이 쉽게 닿는 곳도 아닌지라 어쩔 수 없는 공생관계인 것이다.

수군들이 수적을 토벌한다고 한들 금세 새로운 수적이 생기는 판이니, 차라리 이곳을 오가는 상인들 입장에선 적절한 이들을 만나면 그들에게 상납을 하곤 했다.

어쨌거나 순조롭게 수적들의 영업이 끝나갈 때쯤이었다.

퍼펑!

"크아아악!"

굉음과 함께 선실 안으로 들어갔던 수적의 단말마와 함께 배 밖으로 튕겨져 나간다.

갑작스런 상황에 수적들은 물론이고 배의 선장까지 놀라 할 때 선실에서 한 사람이 천천히 걸어 나왔다.

"별 쓰레기 같은 것들이 설치는 구나."

웅웅−.

강렬한 살기를 가득 뿜어내며 모습을 드러내는 사내.

인피면구를 둘러 쓴 제갈강이었다.

그가 낙월의 뜻대로 움직이기 시작한 것이다.

"이놈!"

갑작스런 상황에 멍청이 있던 것도 잠시.

부채주인 수귀검의 외침에 수적들이 일제히 제갈강을 중심으로 원을 그리며 포위한다.

채챙! 챙!

꺼내드는 무기.

순식간에 험악해지는 분위기에 배 위에 있던 승객들이 재빨리 배 밑으로 피신했고, 선장 역시 재빨리 몸을 감춘다.

이런 상황에선 어떤 말을 해도 먹히지 않는다는 것을 잘 알고 있기 때문이었다. 한시라도 빨리 상황이 끝나길 기다리며 목숨 줄을 부지하는 것이 남는 장사라는 것도.

"죽었습니다!"

배 밖으로 튕겨나간 수하를 구하기 위해 움직였던 수적 중 한 명의 보고에 수적들이 살기를 내뿜는다.

수적 생활은 결코 평탄치 않다.

그렇기에 위계질서가 막강하게 잡혀 있지만, 그만큼 가족과도 같이 지낸다.

가족이 한 명 죽은 것이나 마찬가지인 것이다.

하지만 그들의 선택은 잘 못 되었다.

"크아아아!"

그들의 살기에 반응한 제갈강이 괴성을 내지르며 움직인 것이다.

츠츠츠!

그의 손끝에서 피어오르는 붉은 기운이 날카롭게 허공을 베어낸다!

서컥!

푸화확!

잘려나가는 목과 피어오르는 피!

눈 깜짝 할 사이에 피가 뿌려지는 와중에도 제갈강의 움직임은 멈추지 않는다.

어느 사이에 자세를 낮춘 그는 죽은 놈이 떨어트린 검을 집어 들고 있었다.

"피, 피해라!"

수귀검의 외침과 동시 제갈강의 검이 붉은 빛을 토해내고.

푸확!

다시 한 번 피가 허공에 치솟는다.

"죽, 죽여!"

"으아아아!"

괴성을 지르며 무기를 휘두르는 수적들!

"크르르르!"

짐승과도 같은 낮은 울부짖음과 함께 제갈강의 신형이 더욱 빠르고 거칠게 움직인다!

"……살기(殺氣)."

소진의 감았던 눈이 강 상류를 바라본다.

갑작스런 살기에 놀란 듯 집중하는 그녀.

바로 곁에 있던 비연은 아직 느껴지는 것은 없었지만 소진의 말이니 틀리지 않을 것이라 생각하며 자리에서 일어섰다.

해가 지고 있는 상황이라 갑판 이곳저곳에 자리를 잡고 누운 이들이 가득했다.

만약 싸움이 벌어지면 무고한 이들이 피해를 입을 확률이 무척이나 높다.

거기까지 생각했을 때 비연 역시 강렬한 살기를 느낄 수 있었다.

거칠고 끝을 알 수 없는 살기.

"이걸…… 살기라고 할 수 있을까?"

덜덜.

자신도 모르게 손이 떨린다.

느껴지는 기세는 무서운 것이었다.

살기라기보다 악의(惡意)에 가까운.

그 깊이를 알 수 없는 어두움이었다.

배가 상류로 올라갈수록 살기는 점차 강렬해지기 시작했고, 얼마 지나지 않아 물살에 떠밀려 내려오는 시신들이 하나 둘 보이기 시작했다.

붉어진 강물은 덤이었다.

"선장에게 멈추라고 해. 위험해…… 이건."

소진의 말에 즉시 움직이는 비연.

상류에서 눈을 떼지 않는 소진의 두 손에 식은땀이 가득하다.

힘든 수련을 통해 막강한 힘을 손에 넣었다고 생각했는데, 지금 느껴지는 기세는 그런 그녀조차 두렵게 만드는 무엇인가가 있었다.

화르륵!

타탁, 탁!

불타오르는 여객선!

꿀꺽, 꿀꺽!

죽은 자의 피를 마시는 제갈강.

그의 눈가에서 붉은 눈물이 흐르고 있었다.

"큭큭큭, 어때? 나쁘지 않지? 그게 본교가 자랑하는 무공 중 하나인 혈폭공(血暴功)이야. 피를 마시고, 상대의 생명을 취하는 것만으로도 강해질 수 있는 최고의 무공이지!"

"크르르르……!"

제갈강이 할 수 있는 것이라곤 신음을 흘리는 것뿐.

괴물과도 같은 신음을.

그 모습에 낙월은 웃었다.

수많은 사람이 죽었음에도 불구하고 낙월은 개의치 않았다. 그 역시 무공을 익히는 과정에서 많은 이들을 죽였었다.

애초, 혈교인들에게 있어 죽음이라는 것은 아무것도 아니었다.

그들의 믿음은 죽음은 곧 새로운 세상으로 가는 길이라 믿기 때문이었다.

중원의 상식으로 도저히 믿을 수 없는 그 믿음은 혈교를 지탱하는 큰 기둥이자, 수많은 이들이 자발적으로 목숨을 희생하는 원동력이었다.

혈폭공 역시 그런 식으로 만들어진 혈교의 오래된 무공 중 하나였다.

문제가 있다면 더 이상 혈폭공을 익히는 혈교인이 없다는 것이다.

더 적은 피로 더 강한 힘을 얻을 수 있는 수많은 무공을 두고 효과도 적은데다, 익히면 익힐수록 피에 취해 제 정신을 유지할 수 없는 무공을 익힐 사람은 그리 많지 않았다.

다만 한 가지 혈폭공이 대단한 것은 대량의 피를 필요로 하지만 그 피를 채울 수만 있다면 혈교의 어떤 무공보다 빠른 속도로 강해질 수 있다는 것이다.

장점보다 단점이 더 많기에 이제와 이것을 기억하는 자가 거의 없을 정도지만.

"본교가 제대로 움직일 모양이니…… 이제 슬슬 마지막을 생각해봐야지. 무림 역사에 길이길이 남을 수 있도록 내가 도와주마. 큭큭큭!"

재미있는 장난감을 본다는 듯 아직도 피를 마시는 제갈강을 바라보는 그.

어쩌면 그는 제갈강이 흘리는 피 눈물을 보는 재미로 지금의 상황을 만든 것일 지도 모른다.

그러는 사이에도 배는 천천히 강물에 떠밀려 밑으로 내려가고 있었다.

"자…… 이번에는 어떤 사냥감이 걸릴까?"

기대 가득한 눈으로 하류를 살핀다.

"으음……!"

비연의 말에 밖으로 나온 선장은 떠밀려 내려오는 시신을 확인하곤 신음을 흘린다.

수십 년간 이곳에서 배를 운행해온 선장이기에 시신을 보는 것이 처음은 아니었지만, 시신의 정체가 정작 그를 고민하게 만들고 있었다.

떠밀려 내려오고 있는 시신이 몇 구나되지만 그들 중 대부분이 같은 복장을 통일해 입고 있었다.

"하필 백경채라니……."

얼굴을 구긴 그가 곧 배의 진행을 멈추었다.

"배를 멈춰라! 가장 가까운 마을로 선회한다!"

선장의 명령에 배의 선원들이 분주히 움직이기 시작하고, 갑작스런 상황에 사람들이 항의를 시작하자 선장은 상황을 설명하고 이해를 구했다.

무림인들끼리의 싸움에 괜히 말려들고 싶은 사람은 없기에 대부분의 사람들이 고개를 끄덕이며 동의한다.

하지만 정작 이 사실을 알려온 소진과 비연의 눈은 상류에서 떨어질지 몰랐다.

"……늦었어."

"그런 것 같네."

식은땀을 흘리며 대답하는 비연.

잠시 눈을 돌려 뒤를 바라보는 소진.

무공을 모르는 수많은 사람들이 배에 타고 있었다. 그 모습에 한숨을 내쉰 그녀가 비연을 보며 말했다.

"넌 이대로 돌아가. 난…… 저쪽을 어떻게든 막아 볼 테니."

"아니, 나도 함께 가. 도움이 될지는 모르겠지만 적어도 혼자보단 낫겠지."

"위험해."

"알아."

굳건한 눈으로 자신을 쳐다보는 비연을 보던 소진은 결국 고개를 끄덕여야 했다.

때마침 저 멀리 굽이진 곳에서 밝은 빛을 뿌리며 얽혀있는 배가 모습을 드러낸다.

그 모습에 선장은 사색이 되어 선원들을 닦달한다.

배와 배의 거리는 족히 500장 이상.

충분히 피해 도망갈 수 있는 거리다.

그것을 확인한 소진은 어두워진 강물을 향해 몸을 날린다. 강 곳곳에 패의 파편과 시신들이 있어 그녀가 강 위를 달리는데 부족함이 없다.

파바밧!

촤악!

물살을 헤치며 빠르게 달려 나가는 소진의 뒤를 비연이
따른다.

갑작스런 그녀들의 움직임에 상황을 지켜보고 있던 사
람들이 깜짝 놀라지만 배는 무심히 선수를 돌려 다시 하류
를 향해 빠르게 움직일 뿐이다.

배의 파편과 시신을 밟으며 수상비(水上飛)에 가까운 재
주를 부리며 빠르게 움직인 끝에 두 사람은 불타오르는 배
에 도착할 수 있었다.

天魔飛上 10章.

10 章.

흐르는 붉은 피.

타오는 불꽃과 함께 코를 찌르는 강렬한 냄새는 절로 얼굴을 찌푸려지게 만든다.

거대한 여객선과 백경채의 배가 서로 묶인 채이지만 타오르는 불길 때문에 언제 배가 가라앉을지 모를 정도로 발밑이 불안하다.

하지만 그보다 더 큰 문제는 바로 눈앞에 자리를 지키고 있는 두 사람이었다.

강렬한 살기와 악의를 뿜어내며 온 몸을 피로 칠한 사내와 그보다 한 발짝 뒤에서 지켜보고 있는 사내.

두 명의 사내는 소진과 비연의 등장에 눈을 빛낸다.

"이건…… 재미있는 손님이로군."

눈을 빛내며 웃는 낙월.

그의 눈빛에 소진과 비연은 잠시 그를 쳐다보지만 금세 제갈강에게 시선을 옮긴다.

그만큼 그의 몸에서 뿜어져 나오는 기운은 위협적이었다.

"아름다운 두 분 소저께서 이런 위험한 곳까지 오시다니, 의외로군요."

웃으며 말하는 낙월.

그 물음에 소진과 비연은 대답지 않았다.

하지만 두 사람의 눈은 한 덩이가 된 배를 빠르게 살핀다.

수많은 이들이 쓰러져 있었으며, 살아있는 기척이라곤 조금도 느껴지지 않는다.

두 배를 합친다면 족히 이백은 넘어가는 인원이 저 두 사람의 손에 살해당한 것이다.

백경채의 수적들이야 그렇다 치더라도 여객선에 타고 있던 무림과 조금의 연관이 없던 일반인들을 무참히 살해한 모습은 보는 것만으로 절로 살기가 끓어오른다.

꾸욱.

입술을 깨무는 소진.

그때 낙월이 웃으며 손가락으로 얼굴을 툭툭 친다.

"불편하실 텐데 가면을 벗는 것이 어떻습니까?"

그녀들이 사용하고 있는 것은 돼지껍질을 이용한 인피면구다. 눈썰미가 좋은 사람이라면 금방 눈치 챌 수 있지만 지금과 같이 뜨거운 열기가 있는 곳이라면 더욱 들통나기 쉬웠다.

인피면구에 남아있는 돼지의 비계가 조금씩 녹기 때문이다.

찌익!

말이 끝나기 무섭게 인피면구를 찢어버리는 소진.

그 모습에 비연 역시 인피면구를 찢어낸다.

드러나는 두 사람의 미모.

비연 역시 어딜 가더라도 미녀란 소리를 들을 정도이지만 그 곁에 소진이 서 있자, 미모가 퇴색되는 느낌이다.

아니, 천하 어떤 미녀가 오더라도 그녀의 옆에 서는 순간 일반인과 같아질 것이 분명했다.

그만큼 소진의 미모는 압도적인 것이었다.

그것을 증명이라도 하듯 낙월의 얼굴이 씰룩인다.

"이건 생각보다 더 큰 월척이로군요."

올라가는 입 꼬리.

그의 눈에 서리는 음욕(淫慾).

소진의 얼굴을 본 대부분의 남자들이 저런 얼굴을 하곤 한다. 유일하게 소진의 얼굴에 아무렇지 않았던 남자는 도현뿐이었다.

절로 얼굴을 찌푸리는 소진.

하지만 그 모습조차도 너무나 아름답다.

"크르르르!"

낮게 울부짖는 제갈강.

"그래그래, 너도 흥분했구나."

툭툭.

아무렇지 않은 듯 그의 어깨를 두드리며 진정시키는 낙월이지만 실제론 환혈마뇌고를 조종하는 중이었다.

"대체 무슨 생각으로 무고한 자들을 이렇게 처참하게 죽인 것이지? 대답에 따라 각오해야 할 것이다."

스릉-.

검을 꺼내들며 차가운 얼굴로 말하는 소진.

그 모습에 낙월의 얼굴이 황홀하게 변한다.

완벽하게 소진이 마음에 든 얼굴.

"그들은 좋은 곳으로 갔을 것입니다. 피의 굴레를 벗어날 수 있는 인간은 없고, 대업을 위해 쓰였으니 분명 더 좋은 삶으로 다시 태어나겠지요."

"……미쳤군."

"미치다니요. 이것이야말로 세상을 움직이는 원리입니다."

환하게 웃으며 이야기하는 낙월.

그 얼굴을 보며 소진은 진심으로 그가 미쳤다고 생각했다.

죽음으로서 더 좋은 삶을 살 수 있다니.

제 정신으로는 결코 이야기 할 수 없는 일이다.

"이야기가 길었군요. 전 더 이상 참을 수 없을 것 같습니다. 한 시라도 빨리 당신을 범하고 그 피를 마시고 싶습니다! 아아! 생각하는 것만으로도 벌써 뜨겁게 달아오르는군요!"

붉게 물드는 낙월의 눈을 보며 소진은 살기를 쏟아내었고, 그와 함께 제갈강의 신형이 움직인다.

스팟!

잔상을 남길 정도로 빠르고 낮게 움직인 제갈강의 신형이 어느새 소진의 코앞에까지 도착하여 검을 움직인다.

쩌엉!

소진의 검이 제갈강의 검을 막아내며…….

싸움이 시작되었다.

◑

"시신? 백경채의?"

제갈강을 붙들기 위해 백도맹에서 파견된 백호대주 정의검(正義劍) 팽연호는 수하의 보고에 고개를 들었다.

곧장 지도를 펼쳐들자 수하는 손으로 시신이 발견된 장소를 짚는다.

"이곳과 이곳에서 시신이 발견되었습니다. 또한 이곳으로 회항한 여객선장의 말에 따르면 불에 타오르고 있는 선박을 이곳에서 보았다고 합니다."

"백경채라…… 인근에서 제일 큰 수채였던가?"

"그렇습니다. 칠왕의 일인이던 수룡왕(水龍王)이 이끌던 수룡채가 몰락한 이후 빠르게 두각을 드러내며 힘을 키우던 곳이 백경채입니다."

"백경채의 움직임은?"

"정보원을 보내두었으나 아직 확실한 것은 없습니다만, 지금쯤이면 움직이지 않을까 합니다. 그들로서도 자신들의 안방에서 벌어진 일이니 만큼 영역을 잃지 않기 위해서라도 움직여야 하지 않겠습니까."

수하의 보고에 정의검은 고개를 끄덕이곤 명령을 내렸다.

"지금 즉시 사방에 흩어진 백호대원들을 소집해라. 즉시 움직일 것이다. 그리고…… 주작대가 인근에 도착했다고 했었나?"

"예. 지금쯤이면 멀지 않은 곳에 도착했을 것입니다."

"마음에 들지 않지만 어쩔 수 없지. 놈들에게도 알려라."

"옛!"

고개를 숙이고 밖으로 나가는 수하.

곧 자신들이 머물고 있던 건물 전체가 시끄러워지기 시작한다.

백도맹의 무력집단 중 하나인 백호대는 오대세가의 무인들을 위시하여 만들어진 곳으로 제갈강을 잡기 위해 가장 먼저 움직인 곳이었다.

하지만 얼마 전 제갈강에 의해 구파일방까지 움직였고, 결국 주작대까지 움직인 것이다.

"여기에 현무대까지 움직인다면 백도맹의 절반이 넘는 힘이 움직이는 셈인데……."

백호대주란 자리에 앉아있으면 갖은 소문이 들려오는 법이었고, 조만간 현무대가 움직인다는 소리가 있었다.

자신의 귀에 그런 소문이 들렸다는 것은 사실상 현무대가 움직일 준비가 끝났다는 것과 같았다.

"쯧…… 빨리 움직여야 하겠군."

혀를 차며 자리에서 일어나는 그.

다른 것은 몰라도 주작대에게 뒤지는 것만큼은 백호대주로서 결코 용납 할 수 없는 일이었다.

쩌엉!

굉음과 함께 손바닥이 찢어질 듯 격렬한 고통이 엄습하지만 소진은 이를 악물었다.

우웅―!

검에 내공이 실리며 검이 울음을 터트린다.

콰쾅!

다시 한 번 부딪치는 두 사람의 검.

빠른 속도로 움직이는 와중에도 전력을 다해 부딪치는 그 느낌은 이루 말 할 수 없을 정도다.

'대체……!'

검이 부딪칠 때마다 소진은 놀라고 있었다.

내공, 실력, 무공 그 모든 것에서 분명 자신이 앞서고 있음에도 불구하고 상대를 제압 할 수 없었다.

이유는 단 하나.

검을 부딪칠 때마다 자신의 내공이 빠른 속도로 흩어졌다.

뿐만 아니라 그와 근접전을 벌이는 것만으로도 내공이 모이질 않고 있었다.

결국 붙어 싸우다가도 내공을 모으기 위해 다시 떨어져야 하는 상황이 반복되고 있었던 것이다.

때문에 상대를 제압하지 못하고 있었다.

자신이 고생하는 것에 반해 상대는 전력으로 덤벼들고 있었다.

힘의 분배는 전혀 신경 쓰지 않는다.

검을 휘두르는 것 자체가 전력이다.

그런 만큼 틈이 많아 반격을 할 수 있을 것 같았지만 기가 막힌 몸놀림을 보여주며 공격을 피해간다.

파괴적인 공격력에 반해 상상을 초월하는 몸놀림을 보여주고 있었다.

때론 도저히 움직일 수 없는 방향으로 움직이기도 해서 순간 녀석에게 뼈가 없는 것인지 의심을 할 정도였다.

쾅!

굉음과 함께 배의 바닥이 부서져 나간다.

그렇지 않아도 불길 때문에 약해져 있던 배는 두 사람의 싸움으로 인해 빠른 속도로 부서지기 시작했다.

워낙 덩치가 큰 배들이 지금까지 버티고 있는 것이지, 어지간한 배였다면 벌써 침몰을 당했을 것이다.

"제법 버티는 군요."

뒤에 서서 여유로운 태도로 웃으며 말을 하는 낙월.

하지만 속으로는 크게 놀라는 중이었다.

지금 제갈강의 실력은 자신과 비등한 정도. 게다가 그가 익힌 혈폭공의 독특한 효능을 생각해 본다면 쉽게 상대를 제압 할 수 있을 줄 알았다.

그랬었는데 지금까지도 제압을 못하고 있었다.

아니, 시간이 지날 수록 조금이지만 제갈강이 밀리고 있었다.

환혈마뇌고로 인해 힘의 배분 없이 전력으로 검을 휘두르는 만큼 그 시간이 그리 길지 않다.

속으로 점차 초조해질 때쯤 그의 눈에 멀리 이곳을 향해
몰려드는 선단이 보였다.

크고 작은 배가 무려 십여 척이 넘는다.

펄럭- 펄럭!

배의 가장 높은 곳에서 선명하게 휘날리는 백경채의 깃
발.

"먹잇감이 도착했군."

그의 눈이 살기로 번들거린다.

촤아악!

거칠게 물살을 가르며 움직이는 백경채의 배들 중 가운
데에 자리를 잡은 거대한 배 한척.

어지간한 군함보다 더 커 보이는 배는 날카로운 뿔을 선
수에 달고 있었고, 배 전체를 하얗게 칠해 놓고 있었다.

백경채의 상징인 백경호였다.

백경채주 백미염라(白眉閻羅) 도주부의 얼굴은 크게 일
그러져 있었는데, 보는 것만으로도 그가 화가 났음을 알
수 있었다.

"속도를 더 높여라! 놈이 도망 갈 수 없도록 포위해!"

"예!"

일제히 고개를 숙이는 수하들.

강대한 기운을 쉬지 않고 뿜어대는 채주의 명령에 땀이

홍건이 흐를 정도로 움직여 댄다.

거대한 덩치에 어울리지 않는 흰 눈썹과 몸 전체에 거칠게 나있는 상처들.

싸움이 벌어지면 반드시 상대를 죽이는 것으로 유명한 백미염라의 눈이 멀리 불타고 있는 배를 향한다.

명령에 따라 백경호보다 더 빠르게 움직인 소선들이 불타는 배를 포위하며 움직인다.

거리가 어느 정도 가까워진다 싶었음에도 불구하고 백경호는 그 속도를 늦추지 않았다.

"들이 받아버려!"

거친 명령과 함께 선수에 걸려 있던 백경호의 뿔이 자세를 낮추었고, 순식간에 백경호가 불타오르던 배를 들이 받았다.

쿠아앙!

꿍음과 함께 부서져 내리는 배.

멀쩡한 모습으로 백경호는 두 대의 배를 꿰뚫고 유유히 모습을 드러낸다.

휘휙- 휙!

백경호의 드넓은 갑판 위로 모습을 드러내는 제갈강과 낙월.

"이런…… 이렇게까지 거친 인사를 할 줄은 몰랐군요. 하지만…… 나쁘지 않았습니다."

웃는 낙월의 앞으로 제갈강이 움직였다.

"윽!"

침몰하는 배의 한쪽에 자리를 잡으며 소진은 얼굴을 찡그렸다.

백경호가 충돌하려는 그 순간 낙월이 비연을 공격했고, 갑작스런 공격에 비연이 밀렸다.

정신이 혼란한 틈을 타 배가 부서지고 그 과정에서 상처를 입은 것이다.

왼팔을 타고 흐르는 피.

상처 자체는 그리 크지 않았지만 꽤 깊게 베인 듯 쉬지 않고 붉은 피가 흘러내린다.

"괜찮아?"

"미안."

소진의 물음에 새파란 표정의 비연이 고개를 떨군다.

갑작스런 공격에 연신 밀리다가 소진의 도움으로 겨우 몸을 피한 것이다.

자신을 구하려다 소진은 큰 상처를 입은 것이고.

그렇지 않아도 치열한 싸움이 벌어지는 와중이었기에 이런 상처는 불리하게 작용될 것이다.

"괜찮아."

찌익!

작게 웃으며 재빨리 옷을 찢고, 품에서 금창약을 꺼내 상처에 뿌린 뒤 옷으로 묶는다.

비연이 재빨리 그녀의 행동을 돕는다.

단단히 묶은 옷 위로 몽글몽글 피가 올라오지만 이전보다 선명하게 줄어든 피의 양.

"그런데 놈이 왜 이렇게 잠잠하지?"

"저 배 위로 올라간 것 같아."

상처를 돌보는 와중에도 놈의 공격에 대비해 주변을 살피던 소진의 물음에 비연은 눈앞의 커다란 배를 가리킨다.

엄청난 규모의 배.

게다가 자신들을 둘러싸고 있는 크고 작은 배들까지.

"이 배가 속해있던 수적채인가?"

"그런 모양이야. 게다가 이 정도 규모라면 손에 꼽을 정도겠지."

크아악!

배 위에서 들려오는 비명 소리.

하지만 두 사람은 움직이지 않았다.

곧장 움직이기엔 두 사람의 얼굴을 가려 줄 만한 것이 없었던 것이다.

놈을 막는 것도 중요한 일이지만 자신들.

특히 소진의 얼굴이 드러나지 않도록 하는 것은 무엇보다 우선이었다.

괜히 도우러 움직였다가 더 큰 분란이 일어날 수도 있는 일이니까.

찌이익!

옷자락을 크고 길게 잘라낸 비연.

"우선 이걸로 얼굴을 가리는 수밖에. 나머지는 하늘의 운에 맡겨야지."

"하…… 귀찮아."

"어쩔 수 없잖아."

그녀의 말에 고개를 끄덕이며 찢어낸 옷으로 얼굴을 가린다.

눈 아래로 완전히 검은 옷으로 가려졌지만, 드러난 두 눈 만으로도 남자를 홀리기에 충분한 모습.

하지만 이 이상 가릴만한 것이 없었기에 어쩔 수 없다.

소진의 뒤를 이어 자신도 얼굴을 가린 비연은 준비가 되자 동시에 백경호를 향해 몸을 날린다.

아악!

배에 오르자마자 두 사람이 본 것은 사방에 튀어 오르는 피였다.

달려드는 수적들을 미친 듯 베어 넘기며 연신 혀를 날름거리며 피를 마신다.

구역질이 올라오는 모습이었지만 소진은 억지로 참으며 재빨리 주변을 살핀다.

거대한 덩치답게 배에 탑승하고 있는 수적들의 수도 엄청났는데, 벌써 죽은 인원이 수십에 달하고 있었다.

비명소리를 들은 것인지 백경호의 곁으로 다른 배들이 점점 몰려들고 있었다.

하지만 수적들로선 두 사람을 막을 수 없어 보였다.

그때였다.

"멈춰라!"

쩌렁쩌렁!

사방을 울리는 거대한 소리와 함께 수적들이 일제히 물러서기 시작했지만 제갈강의 움직임은 멈추지 않는다.

그때였다.

휭!

강렬한 바람의 압력과 함께 거대한 도끼(斧)를 든 백미염라가 막 수하 하나의 목을 베려는 찰나 허공에서부터 도끼를 휘두른다.

"크아아아!"

괴성과 함께 느껴지는 강렬한 힘에 수적의 목을 베어가던 그의 검이 재빨리 허공에서 떨어져 내리는 백미염라의 도끼를 막아간다.

쿠아앙!

출렁!

굉음과 함께 거대한 배가 순간 가라앉으며 출렁인다.

어마어마한 힘!

"쿠오오오!"

백미염라의 포효가 사방에 울려 퍼진다.

天魔飛上 11章.

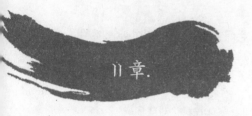

11 章.

"쿠오오오!"

백미염라의 포효가 울려 퍼지고 그의 몸에서 어마어마한 기세가 뿜어져 나온다.

과연 수룡왕 이후 엄청난 속도로 발전하고 있는 백경채의 채주다운 내공이었다.

막대한 힘을 자랑하는 그의 일격에도 백경호는 어디하나 부서지지 않고 멀쩡했다.

당연한 이야기였다.

이 거대한 배를 만들기 위해 엄청난 자금이 투입되었고, 갑판의 하부에는 그의 힘을 버티기 위해 특수한 나무가 수겹이나 덧대어져 있었다.

그렇게 만들어진 백경호이기에 버틴 것이지 다른 배였다면 방금 전의 일격으로 배가 두 동강이 났을 터다.

"크르륵!"

제갈강의 얼굴이 일그러지며 뒤로 물러선다.

쩌정…… 파칭!

물러서기 무섭게 그의 손에 쥐어져 있던 검이 부서져 내린다.

휙!

부러진 검을 버리고 바닥에 버려진 새로운 검을 줍는 그.

"감히 내 영역에서 내 새끼들을 죽이다니! 그 죄는 결코 가벼운 것이 아닐지니!"

쩌렁쩌렁!

평범하게 말하는 것 같은데도 불구하고 사방을 울리는 그의 목소리.

배의 뒤편에 섰던 소진과 비연이 자신도 모르게 손을 들어 귀를 막았을 정도다.

허나 제갈강은 낮게 울부짖을 뿐 표정의 변화가 없다.

그저 더욱 거친 기세를 피워 올 릴뿐.

그 모습을 보고 있던 낙월은 재미있다는 표정으로 가득 차 있었다.

다른 이들은 모르지만 그는 안다.

266

방금 전 베어낸 수십의 수적들로 인해 제갈강은 더욱 강해졌을 것이고 소진되었던 체력은 회복되었을 것이란 것을.

오로지 피로서 힘을 얻는다.

혈폭공의 무서움이다.

○

스스슥-!

빠른 속도로 산의 능선을 따라 움직이는 세 사람.

도현을 필두로 예미영과 빙설하가 따른다.

천마신교를 나온 이후 유유자적하게 움직이던 그들이 지금처럼 다급하게 움직이기 시작한 것은 어젯밤부터였다.

편히 쉴 수 있는 잠자리를 찾아 놓고서 갑작스레 기분이 이상하다는 도현의 재촉으로 인해 지금까지 쉬지도 못하고 움직이고 있었던 것이다.

쉬지 않고 달린 보람이 있는 것인지 신강을 벗어나지 못하고 있던 그들이 벌써 호북에 들어서고 있었다.

"교, 교주님! 조, 조금만 쉬었다가…… 헉, 헉!"

거칠게 숨을 몰아쉬며 말하는 예미영을 보며 도현은 계곡이 있는 곳에서 멈추어 섰다.

도현이 서자마자 그대로 무너져 내리는 예미영.

그녀 역시 모자란 실력이 아님에도 불구하고 도현과 발을 맞추다보니 힘들어 하는 것이다.

빙설하 역시 말은 하지 않았지만 숨을 가쁘게 몰아쉬고 있었다.

멀쩡한 것은 도현 뿐.

"일각 정도 쉬다가 움직이지."

"예……."

힘겹게 대답하는 미영.

그리곤 즉시 운기조식에 들어간다.

운기조식으로 소모된 내공을 채우고, 그러는 과정에서 어느 정도 피로가 가신다.

푹 쉬는 것보다 못하긴 하지만 지금 같은 상황에선 어쩔 수 없는 일이다.

힘이 들긴 하지만 예미영보단 상황이 나은 빙설하는 자리에 앉은 그녀를 힐끔 보곤 선 채로 미동도 하지 않고 있는 도현을 보며 말했다.

"이렇게 급하게 움직일 필요가 있어?"

"감이 좋질 않아."

"음…… 그 감이 잘 맞는 편인 모양이지?"

그녀의 물음에 도현은 답하지 않았다.

지금 이 순간에도 도현의 심장은 두근거리고 있었다.

긴장감으로 가득한 두근거림.

이런 예감이 들 때면 항상 일이 벌어지곤 했었다.

도현 정도 되는 실력의 무인들에게 예감이라는 것은 결코 무시 할 수 없는 것이다.

자연의 기운을 다루기 시작하며 자신도 모르는 사이 천기(天氣)를 읽기 시작하는 것이다.

그렇기에 고수일수록 자신의 감을 무시 하지 않았다.

두근두근─.

긴장감으로 연신 박동하는 심장.

기분이 좋지 않았다.

'소진에게 무슨 일이 있는 것은 아니겠지…….'

머릿속을 복잡하게 채우는 생각.

생각이 길어질 때쯤 예미영이 자리에서 일어섰고, 일행은 다시 빠른 속도로 이동을 시작했다.

◑

"크하아아앗!"

쿠앙!

힘찬 기합과 함께 백미염라의 거대한 도끼가 제갈강을 내려 찍는다!

검을 들어 막지만 엄청난 힘의 압력에 무릎이 반쯤 굽혀

질 정도였다.

내공으로 몸을 보호하지 않았다면 팔, 다리의 뼈가 버티지 못하고 부서져 내렸을 것이다.

쩌쩡! 쩡!

재빨리 반격을 가하는 제갈강.

빠르면서도 힘 있는 공격이었지만 백미염라는 자리에서 거의 움직이지도 않고 그것을 막아낸다.

"겨우 이런 실력으로 본 채를 건드린 것이냐!"

쿠앙!

거칠게 옆에서 휘둘러지는 도끼를 막아낸 제갈강의 신형이 날아가며 배 난간을 부순다.

"크아악!"

비명을 내지르는 그.

혈폭공으로 인해 막강해진 실력을 지니게 된 그였지만 아직은 그 시간이 짧았다.

게다가 혈폭공의 공능으로 인해 상대의 내공을 흩어트리는 것도 그에겐 통하지 않았다.

실력만 놓고 본다면 소진이 가장 높지만 혈폭공의 공능으로 인해 제갈강을 제압 할 수 없었지만, 백미염라의 진정한 능력은 내공이 아닌 타고난 그 힘이었다.

본래 가지고 있는 힘이니 혈폭공의 공능으로도 그를 어찌 할 수 없는 것이다.

무식하리라 만치 강렬한 그의 힘.

상황을 지켜보고 있던 소진이 놀란 듯 백미염라를 보며 중얼거렸다.

"거대신력(巨大神力)을 타고난 사람이구나!"

"거대신력?"

"쉽게 설명하면…… 저런 사람들이지. 그 맥이 끊어졌다고 알려졌었는데, 그게 아니었구나."

감탄한 듯 놀라며 그를 보는 소진.

어느새 두 사람은 완벽하게 모습을 감춘 채 상황을 지켜보는 중이었다.

워낙 백미염라가 잘 싸우는 중이니 끼어들 틈이 없었던 것이다.

쩌저정!

굉음과 함께 제갈강의 검이 또 한 번 부러져 나간다.

"쯧쯧…… 역시 모자랐나?"

그때 혀를 차며 지켜보고만 있던 낙월이 앞으로 나섰다.

스윽.

가볍게 움직이나 싶더니 어느새 그의 신형이 백미염라의 코앞에 모습을 드러낸다.

"일단 떨어져."

펑!

둔탁한 소리와 함께 백미염라의 신형이 뒤로 물러난다.

"……"

믿을 수 없다는 듯 자신의 배를 내려다보는 백미염라.

자세히 보니 그의 배에 발자국이 자리 잡고 있었다.

겨우 일격에 그가 물러선 것이다.

백미염라가 놀라건 말건 그는 으르렁거리는 제갈강을 보며 명령했다.

"한바퀴 돌고 와. 강해 질 수 있는 절호의 기회이니."

"크아아아!"

괴성을 내지르며 빠른 속도로 인근에 있던 배로 옮겨가는 제갈강!

그의 등장과 함께 비명과 함께 피가 하늘로 튀어오른다.

"이노오오옴!"

그 모습에 눈에 불이 튄 것은 백미염라였다.

쿠앙!

굉음과 함께 백경호의 바닥을 박차고 몸을 날렸지만, 어느새 낙월의 신형이 그의 앞에 나타난다.

"기다려."

퍼퍼펑!

"크헉!"

쿠아앙!

신음과 함께 굉음을 울리며 백경호에 틀어박히는 그.

백경호가 크게 출렁인다.

아무렇지 않게 그를 제압한 낙월의 눈이 반원을 그리며 웃는다.

"이제 슬슬 나오는 것이 어떻습니까?"

정확하게 자신을 보며 말하는 낙월을 보며 소진은 천천히 비연과 함께 앞으로 나섰다.

갑작스레 튀어 나오는 두 사람의 모습에 수적들이 크게 놀라며 움직이려 했지만, 그보다 먼저 백미염라가 자리에서 일어서며 소리쳤다.

"소란 떨지 마라! 이 큰 배에 손님이 올라탔을 뿐이니!"

툭툭.

아무렇지 않은 듯 말하며 몸에 묻은 먼지를 털어낸 백미염라는 천천히 몸을 움직이며 상태가 나쁜 곳은 없는지 확인한다.

"쯧, 이건 못쓰겠군."

손에 들린 거대한 도끼를 보던 그가 돌연 도끼를 뒤로 집어 던진다.

화들짝 놀라 피하는 수적들.

쿠앙!

굉음과 함께 백경호에 틀어박히는 도끼.

자세히 보니 미세한 균열이 가득 간 것이, 강한 힘으로 몇 번만 더 부딪쳐도 도끼가 부서져 내릴 것 같았다.

"새거 가져와!"

"예!"

그의 명령에 재빨리 선실로 들어갔던 수적들 몇이 새로운 도끼를 낑낑대며 가져온다.

크기도 크지만 그 무게도 상당한 듯싶었지만, 수적들이 힘들게 가져온 도끼를 한손으로 가볍게 들어 휘두르는 백미염라.

"소저들이 먼저 놈과 싸우고 있었겠지만 이 싸움은 우리 것이오!"

그의 말에 소진은 고개를 끄덕여 인정했다.

백경채의 수많은 수적들이 죽었으니 당연히 복수를 이들의 몫이었다.

다만 난폭해 보이는 그의 의외의 모습에 조금 놀랐을 뿐이다.

"그래도…… 괜찮다면 이놈 좀 붙들어 주구려!"

쿠앙!

말이 끝나기 무섭게 배를 옮겨다니며 살육을 저지르고 있는 제갈강의 뒤를 잡기 위해 몸을 날리는 백미염라.

그의 앞을 막기 위해 움직이려던 낙월의 얼굴이 일그러진다.

쐐액!

어느새 접근한 소진의 검이 날카롭게 자신의 목을 베어오고 있었던 것이다.

반보 뒤로 움직이는 것으로 공격을 피해냈을 때엔 이미 백미염라가 제갈강의 배후에서 공격을 시작했을 때였다.

쿠아앙!

푸확!

굉음과 함께 요란하게 튀어 오르는 물!

"쯧!"

아깝다는 듯 혀를 차며 낙월은 어느새 거리를 벌리고 있는 소진을 바라본다.

그녀의 얼굴을 보는 순간 반월을 그리는 낙월의 눈.

옷으로 얼굴을 가렸지만 이미 맨 얼굴을 본 그다.

"그것도 좋군요. 아무에게나 얼굴을 보이고 다녔다면 실망했을 것입니다."

"닥쳐라!"

"후후후, 장기 말이 없어졌으니…… 제 손으로 직접 해결을 봐야 하겠군요."

슈확!

말이 끝나기 무섭게 그의 신형이 눈앞에서 사라진다.

그 순간 소진의 몸이 회전하더니 뒤편으로 검을 휘두른다.

카앙!

"이걸 막아내다니…… 실력이 대단하군요."

자신의 공격을 막아낸 것이 놀라운 듯 말하지만 얼굴 표정 변화 하나 없는 그가 다시 사라진다.

카캉! 캉!

보이지 않는 그를 상대로 검을 휘둘러 막아내는 소진.

철저하게 육감에 의지해 움직이는 모습이다.

눈에 보이지 않을 정도로 빠르게 움직이고 있지만, 소진은 낙월보다 더 빠르게 움직이는 한 사람을 안다.

그리고 그를 상대로 거의 매일을 상대했었다.

휘릭.

귓가에 들려오는 작은 소리와 함께 육감이 그가 달려드는 방향을 알려주면, 몸이 본능적으로 움직인다.

'생각하면 안 돼. 지금은…… 본능에 몸을 맡길 때야.'

더욱 아예 두 눈을 감은 채 움직이는 그녀.

도현과 매일 같은 비무를 벌이며 이런 식의 공격에선 두 눈이 그리 도움이 되지 않는다는 사실을 깨달았다.

그 깨달음은 그녀의 육감을 자연스럽게 발달시켰고, 그 위력을 지금 보이고 있었다.

'뭐야 이건?!'

아무렇지 않은 듯 공격을 펼치지만 낙월의 얼굴은 형편없이 일그러져 있다.

설마하니 자신의 공격을 막아낼 것이라곤 생각지 못한

276 천마비상6

것이다.

혈교 안에서도 빠르기로는 가장 자신 있는 것이 낙월이었다.

특히 신형을 감춘 채 신속한 공격을 펼치는 것은 그만의 특기로 어지간한 실력으로는 공격을 막아내는 것이 불가능했다.

당연한 일이다.

두 눈에 보이기 전에 상대를 공격하니까.

그만큼 빠르기에 자신이 있었다.

연신 공격을 시도하던 그가 멈춘 것은 무려 일각이란 시간이 지나고 나서였다.

"후우, 후!"

거칠게 숨을 토해내는 낙월.

그에 반해 소진은 평온한 모습이었다.

옷의 이곳저곳이 좀 찢어지긴 했지만 그 엄청난 공격을 감안하면 피해를 입지 않은 것이나 마찬가지다.

"이거…… 귀찮게 됐군요."

쓰게 웃으며 그가 중얼거린다.

푸확!

어깨가 베이며 피가 튀어 오르지만 백미염라는 고통을 참을 사이도 없이 곧장 도끼를 휘둘렀다.

쩌엉!

굉음과 함께 부딪치는 제갈강의 검.

이전과 달라진 것이 있다면 그 자리에서 조금도 움직이지 않는다는 것이다.

놈은 여러 번 배를 옮겨 다니며 수많은 수하들의 목을 베었다.

그리고 그때마다 강해지고 있었다.

시간이 지날수록 강해지는 놈의 모습을 백미염라는 이해하지 못했지만, 분명한 것은 자신이 빨리 움직이지 않으면 수하들이 죽어간다는 것이다.

놈을 막기 위해 최대한 빨리 움직였지만, 가진 힘에 비해 빠르지 않은 그로선 여간 어려운 일이 아니다.

어렵게 포착한 놈은 강해져 있었다.

쿠쿡!

있는 힘 것 도끼로 눌러보지만 되려 자신의 도끼가 밀린다.

이젠 힘에서도 밀리고 있었다.

'이게…… 이게 대체 말이나 되는 이야기란 말인가!'

피가 잔뜩 묻은 놈이 이젠 두려웠다.

분명 처음에 싸울 대까지만 해도 죽일 자신이 있었건만 이젠 자신의 목숨이 위태로운 지경이다.

혈폭공에 대해 모르니 당연한 일이다.

"크아아아!"

괴성을 내지르며 몸 안의 내공을 폭발시키는 제갈강!

푸확!

떠엉!

완벽하게 도끼를 떨쳐낸 그가 백미염라의 품을 파고든다.

"제길……!"

백미염라가 마지막으로 본 것은 자신의 눈앞을 뒤덮는 붉은 혈기였다.

◐

"서둘러라!"

촤아악!

물살을 가르며 빠르게 움직이는 일단의 배들.

백도맹의 백호대와 주작대를 태운 배들이었다.

백경채에 대한 소문이 돈 것인지 아무리 거금을 쥐어줘도 배들이 움직이지 않으려 해서, 백도맹 소속의 배와 관련 상단의 배를 기다리느라 출발이 지체된 것이다.

덕분에 먼저 출발하려했던 백호대로선 꼴 보기 싫은 주작대와 함께 움직일 수밖에 없었다.

서로 사이가 나쁜 탓에 배도 완전히 서로 다르게 탔다.

"대주님 밤이라 더 이상 속도를 높이기 어렵다고 합니다.

그래도 이 속도라면 앞으로 일각 안에 현장에 도착 할 수 있을 것이라 합니다."

"쯧……."

혀를 차는 정의검.

사방에 깔린 어둠은 배의 속도를 늦추게 만들었다.

수백, 수천 번을 이곳을 오간 선장과 선원들도 긴장할 정도로 상황이 그리 좋지 않았다.

게다가 하필이면 강에서도 가장 험한 곳을 거쳐야 하기 때문에 더욱 조심스러울 수밖에 없었다.

목표를 코앞에 두고 배가 침몰하여 죽을 수는 없잖은가.

그렇게 빠르게 움직이는 백도맹 무리의 뒤편에서 그보다 작은 배들이 하나 둘 모습을 드러내기 시작했다.

뿐만 아니라 강변을 따라 움직이는 이들도 있었다.

대규모로 움직이는 백도맹을 보곤 제갈강을 먼저 잡을 수 있겠다 판단한 무림인들의 행렬이었다.

제갈강의 목엔 막대한 현상금이 걸려 있기에 실력 있는 낭인과 무림들이 많이 움직이고 있는 중이었다.

"그래도 최대한 서두르라고 해!"

"알겠습니다!"

정의검의 얼굴이 일그러진다.

쐐애액!

허공을 찢는 듯 빠른 속도로 움직이는 도현!

호북에 들어섬과 동시 더욱 불안하게 뛰는 심장에 결국 도현은 빙설화와 예미영을 떼어놓고 움직였다.

전력으로 움직이는 그의 신형은 눈으로 보이지 않을 정도다.

한 걸음에 수십 장을 이동하는 그 모습은 경이로울 정도였다.

투확!

굉음과 함께 그의 신형이 앞으로 가로질러간다.

산이 나오면 산을 넘었고, 강이 나오면 강을 건넌다.

협곡이 앞을 막는다 하더라도 도현은 개의치 않고 허공을 향해 몸을 날렸다.

탄력이 붙어 움직이는 그의 앞을 가로 막을 수 있는 것은 더 이상 없어보였다.

'기다려라…… 제발!'

투확!

그의 신형이 더 빨라진다.

카카칵!

불꽃이 튀는 검.

장인이 공을 들여 제련한 검의 날이 이곳저곳 손상이 가있다.

당장 부서져도 이상하지 않을 상태이지만 소진의 내공으로 인해 어떻게든 버텨내고 있었다.

츠츠츠!

날카롭게 휘어들어오는 제갈강의 왼손을 마주하고 있던 검을 밀어내며 몸을 반대편으로 회전시켜 피해낸다.

촤악!

그 과정에 그녀의 옷이 제갈강의 손에 걸리며 찢겨나간다.

드러나는 순백의 피부.

하지만 거기에 신경 쓰지 않고 소진의 검이 날카롭게 제갈강의 다리를 노리고 날아든다.

제갈강은 본능적으로 뒤로 물러서며 검을 배 바닥에 찍었다.

쩌엉!

카가각!

밀려나며 바닥에 상흔을 남겼지만 제갈강은 소진의 날카로운 공격을 피해낼 수 있었다.

그와 함께 부서지는 검.

"칫!"

짧게 혀를 차는 소진.

벌써 몇 자루가 넘는 검을 부쉈지만 놈은 바닥에 떨어진 검을 가리지 않고 사용하고 있었다.

놀라운 점은 제갈강의 실력이 바로 이전과 비교 할 수 없을 정도로 달라져 있다는 것이다.

혈폭공의 공능으로 인해 내공이 흩어지는 단점이 있지만, 금세 그에 대비하는 방법을 알아내었음에도 불구하고 놈을 제압하지 못하는 것엔 그런 이유가 있었다.

'이렇게 단 시간에 강해지다니. 이게 가능한 일인가?'

머릿속이 복잡해지려하자 재빨리 머리를 흔들어 상념을 지운다.

치열한 싸움이 벌어지는 지금 다른 곳에 신경을 쓰고 있을 수는 없다.

'생각은 뒤로. 지금은…… 집중…… 집중!'

신중하게 내공을 일으키며 집중력을 더하는 소진.

도현, 빙설하와 함께 끊임없이 벌였던 비무는 소진에게 피와 살이 되어 지금의 실력을 발휘하게 해주었다.

만약 그때의 경험이 없었다면 벌써 지쳐 쓰러진 것은 자신일 터였다.

너무나 강렬한 싸움에 비연은 뒤편에서 발만 구를 뿐 어떻게 움직이질 못하고 있었다.

자신의 실력으론 지금의 싸움에 대응 할 수 없다는 것을 알기 때문이었다.

그에 반해 낙월은 어디서 가져 온 것인지 의자에 몸을 기대어 편하게 자세를 취하고 있었다.

"이제 슬슬 끝내는 것이 좋을 것 같군요."

낙월이 웃으며 말하자 제갈강이 응답이라도 하는 듯 괴성을 내지르며 달려들었다!

푸확!

"크아아아아!"

"하앗!"

짧은 기합과 함께 다시 한 번 검을 마주쳐가는 소진!

연이은 싸움에 지칠 법도 하건만 그녀는 힘을 냈다.

지금 이 자리에서 자신이 밀린다면 비연도 문제이지만 놈은 점점 더 괴물이 되어 무고한 이들을 살해할 것이 뻔했기 때문이다.

쩌정! 쩡!

허공을 화려하게 수놓는 두 사람의 검.

검과 검이 부딪치며 만들어내는 불꽃이 어두운 밤을 수놓는다.

그때였다.

상황을 지켜보고 있던 낙월이 웃으며 품에서 붉은 상자를 꺼내들었다.

환혈마뇌고의 암놈이 든 상자다.

"자…… 시간이 없다고 했지?"

웃으며 상자를 쓰다듬는 그.

그때였다.

이제까지 검을 휘둘러오던 제갈강이 검을 부딪치지 않고 스스로 그녀의 검을 향해 달려들었다.

"핫!"

깜짝 놀라는 소진.

하지만 어쩔 틈도 없이 그녀의 검은 제갈강의 왼팔을 잘라낸다.

팔을 잘라내며 걸린 미세한 시간.

그 시간을 위해 제갈강은 자신의 왼팔을 희생했다.

쉬쉭!

어느새 검을 놓은 오른 팔이 기묘한 소리를 내며……

소진의 복부를 파고든다!

퍼엉!

"꺄아아악!"

비명과 함께 피를 쏟으며 뒤로 날아가는 소진!

단 한 방!

한 방에 몸의 내부가 뒤흔들리며 기혈이 엉켜버린 것이다!

날아가는 그녀를 잡기 위해 제갈강이 움직였을 때였다.

"거기까지다."

슈확!

작은 목소리와 함께 마치 그림자처럼 소진의 앞에서 솟아난 사내의 주먹이 무심하게 휘둘러진다.

쩌엉!

상상을 초월하는 소리와 함께 제갈강의 신형이 달려들 때보다 더 빠른 속도로 튕겨나간다.

쾅!

"다행이 늦지 않았군."

툭툭.

가볍게 몸에 묻은 먼지를 털어내며 쓰러진 소진을 안아 들며 일어서는 사내.

"오, 오라…… 버니?"

"그래. 수고 많았다."

도현이었다.

필사적으로 달린 도현이 마침내 자리에 도착한 것이 다.

그것도 절체절명의 순간에!

"소, 소진아!"

놀라서 달려온 비연에게 도현은 가볍게 목례로 인사를 하곤 조심스레 소진을 그녀에게 넘겼다.

"부탁하지요."

"예."

고개를 끄덕이며 소진을 부축하여 뒤로 움직이는 그 녀.

두 사람이 물러나자 도현은 천천히 몸을 돌려 꿈틀대며

일어서는 제갈강을 무시한 채 놀라서 자리를 박차고 일어
난 낙월을 바라본다.

"네가…… 이번 일의 원흉인가."

차가운.

그리고 날카로운 도현의 물음이 낙월을 향한다.

天魔弃土 12章.

12 章.

자신의 뒤에 늘어선 수천의 무인을 보며 허독량은 웃었다.

든든하게 느껴지는 이들과 함께 마침내 중원으로 움직이는 것이다.

암혈수라대와 독사혈웅대의 두 개 무력부대의 인원만 육천이다.

게다가 하나 같이 절정에 이른 고수들.

중원 무림이 결코 생각지도 못했을 막대한 힘을 지닌 것이 바로 이들이었다.

"들어라! 오늘! 드디어 참아왔던 피의 제전이 시작된다!"

"와아아아!"

그들의 함성이 사방을 뒤흔든다.

"가자! 중원에 위대한 혈교의 교리를 퍼트리자!"

"와아아아!"

거대한 함성과 함께 허독량을 필두로 일제히 움직이기 시작한다.

그들의 첫 번째 목표.

운남과 광서의 경계에 세워진 학검문이 눈에 들어오기 시작한다.

"죽여라! 피의 축제를 즐겨라!"

그날 학검문이 피로 물들었다.

움직이기 시작한 혈교는 거침이 없었다.

학검문을 시작으로 광서의 수많은 문파들을 피로 물들였으며, 광서까지 쉬지 않고 움직였다.

갑작스럽기도 하지만 막강한 전력 앞에 광동, 광서의 문파들은 제대로 힘도 써보지 못하고 무너져야 했다.

그리고 지옥이 펼쳐졌다.

그들에 대항한 무림인들은 결코 살려두지 않았다.

목을 베고 심장을 뽑아 제단을 만들었다.

피의 제단이었다.

광서에서 날아든 소식에 다급히 자리에 모인 천마신교
의 장로들.

"혈교 놈들이 분명합니다. 내세운 표식은 없으나 이런
짓을 벌일 수 있는 것은 놈들 밖에 없습니다."

흥분한 삼 장로의 말에 모두들 고개를 끄덕이며 동의를
표했지만 문제는 최고 결정자가 없었다.

신교를 이끌어갈 지존인 천마가 자리를 비운 것이다.

"하필이면……."

신음을 흘리듯 오 장로가 고개를 숙인다.

이 자리에 있는 사람들은 도현이 소진을 반겨주기 위해
움직였다는 사실을 잘 알고 있었다.

문제는 하필 이럴 때 혈교 놈들이 움직였다는 것이다.

마치 기다렸다는 듯.

그렇게 혈교에 대한 이야기가 오갈 무렵 눈을 감고 듣고
만 있던 이 장로가 탁상을 가볍게 두드린다.

탕탕!

모두의 시선이 자신에게 집중 되자 이 장로는 천천히 입
을 열었다.

"혈교 놈들이 어떻게 움직일지 모르는 일이니 신교 전
체에 비상을 걸고 밖으로 나간 모든 무인들을 불러들이는

것이 먼저다. 또한 교주님께서 출타하신바. 놈들의 계략에 걸리지 않도록 언제든 움직일 채비를 갖춘다. 이에 대한 모든 문제는 최고 장로인 내가 책임진다."

천마신교의 일 장로 자리는 비워져 있다.

그렇기에 이 장로인 월영마검이 최고장로가 되는 것이고, 최고장로인 그에겐 비상시에 천마를 대신하여 전권을 움직일 수 있는 권한이 주어져 있었다.

물론 천마가 돌아오면 없어질 권한이며, 사태를 잘 못 이해했을 경우 자칫 자리에서 물러나야 할 수도 있는 정말 위급할 때가 아니라면 사용되지 않는 것이 좋은 것이었다.

"최고 장로의 권한으로 이의는 받지 않겠다. 서둘러라!"

그의 명령에 걱정스런 표정을 하면서도 장로들이 일제히 자리에서 일어나 분주히 움직이기 시작했다.

혈교의 등장과 함께 천마신교 역시 움직이려 하고 있었다.

⟐

쩌정!

"크아아아!"

괴성을 내지르며 검을 휘둘러오는 제갈강의 검을 무심

한 얼굴로 받아내는 도현.

혈폭공의 공능도 도현에겐 아무런 소용이 없었다.

그 끝을 모르는 내공은 흩어놓는 것보다 더 빠르게 다시 채워졌던 것이다.

굳이 그것이 아니더라도 이겨 낼 수 있을 만한 실력을 지닌 것이 도현이지만, 환혈마뇌고에 제갈강이 조종 되고 있다는 것을 눈치 챈 순간 그를 관찰하기 위해 일부러 아직 살려두고 있는 것이다.

"확실히 정신을 완전히 제압하고 있군."

냉정한 눈으로 제갈강에 대한 분석을 완료한 도현은 슬슬 자리를 정리할 필요를 느꼈다.

아직 눈에 보이진 않지만 저 멀리서 빠른 속도로 접근하고 있는 일단의 무리가 기감에 잡혔기 때문이다.

엄청난 거리를 격한 것이지만 도현에겐 자연스러운 일일 뿐이다.

"이제 이 장난을 끝내는 것이 네게도 좋겠지."

팡!

가벼운 도현의 손놀림에 제갈강의 신형이 정확히 한 발자국 뒤로 물러나고, 도현의 검이 무심하게 그의 심장을 찌른다.

푸확!

"크륵…… 컥!"

덜썩!

신형이 무너져 내리는 그를 가벼운 발길질로 멀리 떨어트린 도현의 시선이 낙월을 향한다.

너무나 가볍게 제갈강을 처리하는 모습을 보며 낙월의 얼굴은 굳은 채 펴지질 않는다.

'누구지? 무림에 이런 실력을 지닌 자가 있었는가?'

복잡하게 돌아가는 그의 머리.

"머리 굴리는 소리가 여기까지 들리는 듯 하군."

"넌…… 누구냐."

결국 입을 열어 정체를 묻는 낙월.

그 물음에 도현은 당당하게 대답했다.

"천마(天魔). 그것이…… 나다."

"천……!"

깜짝 놀라는 낙월.

수많은 계획을 세웠던 그의 머릿속에 조금도 들어있지 않았던 인물.

'대체 왜?! 신강에 틀어 박혀 있어야 할 천마가 왜?'

더욱 복잡해지는 머리.

하지만 중요한 것은 천마가 왜 이 자리에 있느냐가 아니다.

어떻게든 이 자리를 벗어나는 것이 중요하다.

곁눈질로 쓰러진 제갈강을 본다.

붉은 혈기가 서서히 그의 몸을 감싸고 있었다.

'역시……!'

그의 몸에서 흐르고 있는 혈기는 아직 제갈강이 죽지 않았음을 알려준다.

그도 우연히 알아낸 것이지만 제갈강의 내장기관은 일반인과 달랐다.

역위(逆位).

보통 사람의 심장은 정중앙에서 왼편에 위치하지만 그의 심장을 비롯한 모든 내장이 반대에 존재했다.

덕분에 아직도 죽지 않고 있는 것이다.

물론 그 영향을 완전히 비켜나갈 순 없었을 테니 그 생명은 그리 길지 않을 것이다.

'그 짧은 틈이라면 충분하지!'

눈을 빛내는 낙월.

자신이 살아날 방안이 생긴 것 같았다.

"살아날 궁리를 하는 모양이군."

웅웅-.

어느새 도현의 몸에선 검은 마기가 흘러나오고 있었다.

선명하며.

깊은.

그 끝을 알 수 없는 순수한 마기.

그 강렬함에 낙월은 자신도 모르게 침을 삼킨다.

'내 상대가 아니다. 팔 하나를 잃더라도……'

나름의 각오를 한 그는 환혈마뇌고를 조종했다.

'움직여라. 그리고…… 쳐라!'

그의 시선이 향한 곳은 뒤편에 서 있는 소진이었다.

"응?"

뭔가 이상하다는 것을 눈치 챈 순간.

죽은 듯 쓰러져 있던 제갈강의 신형이 소진과 비연을 향해 쏘아져 나간다.

갑작스러우면서도 강렬한 빠르기!

비연이 소진의 앞을 가로막기도 전에 제갈강의 신형이 도착했고 그의 손이 날카로운 기운을 뿜어내며 휘둘러지려던 순간.

"느리군."

턱!

언제 도착한 것인지 차가운 얼굴의 도현이 무심하게 제갈강의 손을 잡곤 그대로 몸채로 집어 던진다.

콰쾅! 콰르릉!

선실 입구가 무너져 내린다.

그와 함께 도현의 시선이 허공을 향한다.

어느새 낙월의 신형이 허공을 가로지르고 있었다.

"놓치지 않는다."

무심한 얼굴로 가볍게 발을 구르는 도현.

슈슉!

"헉!"

낙월이 놀라기도 전에 그는 놈의 목을 붙들고 본래 그가 있던 곳으로 집어 던졌다.

쿠앙!

"크아아악!"

강렬한 충격에 비명을 내지르는 낙월.

"도망칠 수 있을 것이라 생각했나?"

낙월과 삼장 정도 떨어진 곳에 가볍게 착지하며 무심히 말하는 도현.

아무렇지 않은 모습에 소진과 비연은 안도의 한숨을 내쉰다.

만약 도현이 아니었다면 자신들은 벌서 죽었을 지도 모른다.

선실에 처박힌 제갈강에게서도 더 이상 움직임이 느껴지진 않았다.

"크윽……!"

파직!

신음을 흘리며 부들부들 자리에서 일어서는 낙월.

그때 환혈마뇌고를 넣어놨던 상자가 부서졌다.

꿈틀, 파사삭.

갑작스런 외부 환경에 노출이 되자 몇 번 꿈틀거리더니

순식간에 굳어지며 죽는 놈.

"큭!"

이를 악문다.

이젠 제갈강이 살아있다 하더라도 미끼로도 쓸 수 없다.
놈을 조종할 수 있는 수단을 잃어버린 것이다.

'하긴 더 이상 움직일 수 없어 보이지만.'

으득!

아무리 머리를 써도 자신이 살아날 방법이 없어 보인다.

'그래…… 어차피 죽을 것이라면…….'

독한 마음을 먹은 낙월이 부들거리는 손으로 품에서 붉
은 환약을 집어 삼켰다.

도현은 그 모든 모습을 지켜보면서도 제지하지 않는다.

다른 사람도 아닌 소진에게 상처를 입힌 놈이다.

쉽게 죽일 생각이 아니었다.

놈이 할 수 있는 모든 것을 해보게 한 뒤……

절망감에 빠져들었을 때 죽일 생각이었다.

겉으로는 그렇지 않아 보이지만 도현의 분노는 대단한
것이었다.

"큭, 큭……! 이젠…… 나도 몰라!"

우우우!

낮게 웃는 낙월.

그의 몸 주변으로 선명한 붉은 기운이 흐르기 시작한다.

강렬한 혈기(血氣)!

"설마 내 손으로 혈폭단(血暴丹)을 먹게 될 줄이야. 큭큭큭!"

붉은 기운은 걷잡을 수 없이 거세졌고, 그럴수록 낙월은 고통이 사라지는 것인지 멀쩡한 얼굴을 한다.

"그게…… 네 비장의 수인가?"

상황을 지켜보고 있던 도현의 한 마디에 낙월은 이를 악물었다.

혈폭단을 먹음으로서 자신이 느끼는 강함은 이루어 말할 수 없을 정도인데 놈은 아무렇지 않은 듯 하다.

언제든 자신을 죽일 수 있다는 모습.

혈폭단은 엄청난 힘을 부여해주지만 그 끝은 죽음이다.

몸 안에 가지고 있는 모든 힘을 쏟아 붙게 해주는 비약인 것이다.

무림에서 말하는 선천진기의 격발만이 아니다.

혈교 무인의 힘의 근원!

자신이 가진 피를 태워 힘을 만드는 것이다.

웅웅—!

낙월이 천천히 바닥에 버려진 검 하나를 집어 들었다.

강한 울림과 함께 붉은 검강이 자연스럽게 생성된다.

"큭큭…… 반드시, 반드시 죽일 테다!"

파핫!

자신을 향해 달려드는 놈을 보며 도현은 가볍게 손을 움직인다.

그러자…….

둥실, 둥실!

바닥에 가라 앉아 있던 검들이 하나 둘 떠오르기 시작했고, 그 모습에 달려들던 낙월의 몸이 움찔하며 멈춘다.

하나, 둘, 셋…….

허공에 떠오른 서른 자루의 검.

웅웅웅-

묘한 공명음을 울리며 도현의 주변으로 늘어선 검들.

단순히 내공으로 검을 허공에 드는 것이라면 내공만 있다면 가능한 일이다.

하지만 지금 도현이 일으켜 세운 검들은 한 시도 쉬지 않고 도현의 주변에서 움직이고 있었다.

"이제…… 어쩔 거지?"

상상을 초월하는 이기어검 능력을 보여주는 도현.

으득!

이를 악무는 낙월.

빠른 속도로 피가 태워지며 심한 갈증을 느낀다.

이제 시간이 많지 않음이다.

마음을 다져먹은 그가 도현을 향해 달려들었다.

"크아아아!"

붉은 혈기가 사방을 뒤덮지만 그보다 더욱 짙은 마기가 혈기를 짓누른다.

"이젠 끝이로군."

무심한 한마디와 함께 도현의 주변에 늘어섰던 검들이 일제히 낙월을 향해 날아간다.

바로 그때였다.

돌연 낙월이 손에 들고 있던 검을 도현을 향해 강하게 내던지곤 소진이 있는 곳을 향해 몸을 날린다.

소진과의 싸움에서 보여주었던 그 움직임이었다!

폭혈단을 먹은 뒤였기에 그의 움직임은 엄청난 것이었고, 도현으로서도 미처 따라 잡을 수 없을 정도였다.

팟!

품에서 꺼낸 작은 소검이 날카로운 빛을 발하고!

소진의 심장을 향해 그의 검이 내질러진다.

"안 돼!"

들려오는 도현의 비명과도 같은 소리에 낙월의 얼굴에 웃음이 가득하다.

"내가…… 언제까지 네 뜻대로 움직일 줄 알았나?"

모든 것이 끝났다고 생각한 그 순간.

소진의 앞으로 뛰어들며 웃고 있는 것은…….

제갈강이었다.

푸욱!
자신의 몸으로 놈의 검을 받아내는 그!
"아, 안 돼!"
갑작스런 상황에 어찌 할 틈도 없었고, 제갈강은 그 짧은 순간 낙월의 손을 붙들었다.
그리고……
"죽어라."
도현이 도착하기에 충분한 시간이었다.

푸확~!

재가 흩날린다.

〈7권에서 계속〉